Edition Liguria

Caponnetto ermittelt – Band 1

Der Autor

 Enrico Palumbo, 1972 in Karlsruhe geboren, hat in München und Venedig studiert. Vor seinem Wechsel in die Wirtschaft war er als Journalist für deutsche und italienische Nachrichtenagenturen und Medien tätig. Nach beruflichen Stationen u. a. in Prag, Mailand und Zürich lebt er seit 2019 mit seiner Familie in Karlsruhe. »Tödlicher Spritz« ist der erste Band der Krimireihe um den pensionierten Carabiniere Giuseppe Caponnetto.

ENRICO PALUMBO

TÖDLICHER SPRITZ

Ein Ligurien-Krimi

Edition Liguria

Dieser Titel ist auch als E-Book erschienen.
Die Deutsche Nationalbibliothek verzeichnet diese Publikation in
der Deutschen Nationalbibliografie; detaillierte bibliografische Daten
sind im Internet über http://dnb.dnb.de abrufbar.
Kontakt: Edition.Liguria[at]web.de
Lektorat: Edition Liguria

Umschlaggestaltung, Satz, Herstellung und Verlag:
BoD – Books on Demand, Norderstedt
ISBN: 978-3-756-80228-9
Zweite, durchgesehene Auflage

Il talento senza disciplina
è come una macchina senza benzina.

Talent ohne Disziplin
ist wie ein Auto ohne Benzin.

Italienisches Sprichwort

I

Caponnetto war spät dran. ›Ausgerechnet heute‹, dachte er und schaute hinaus aufs Ligurische Meer. Ein großes Schiff fuhr von Osten auf den Hafen von Savona zu.

Um die Silhouette zu erkennen, kniff er die Augen zusammen und entschied, auf die Nassrasur zu verzichten. Dadurch würde er mindestens fünf Minuten gewinnen.

Sechs Monate waren vergangen, seit die Entscheidung gefallen war. Nein, seit *er* die Entscheidung getroffen hatte. Er bereute sie nicht, und doch war der heutige Tag viel zu schnell gekommen.

Beim Gang ins Badezimmer schaute er auf seine Uhr, aber nicht auf die Zeiger. Sein Blick galt der Datumsanzeige. Gerade so, als hege er die Hoffnung, sich doch im Tag geirrt zu haben. Vielleicht bliebe ihm doch noch etwas Zeit: Zeit, sich zu verabschieden, Zeit, zu planen, Zeit, sich vorzubereiten.

Caponnetto betrachtete kritisch sein Spiegelbild. Während er den Elektrorasierer über das Gesicht schob, dachte er unwillkürlich an die Textzeilen aus dem Lied *Genua per noi* von Paolo Conte.

»*Con quella faccia un po' così.*
Quell'espressione un po' così
Che abbiamo noi prima d'andare a Genova«

Tatsächlich hatte das Gesicht, welches er im Spiegel sah, einen besonderen Ausdruck. Und ja, das hatte natürlich mit der bevorstehenden Fahrt nach Genua zu tun.

›Jetzt nur nicht wehmütig werden, alter Freund‹, dachte er.

›Das Ganze hat ja auch gute Seiten. In ein paar Wochen sieht die Welt schon ganz anders aus. Also: *Capitano* Caponnetto, *mi raccomando!* Etwas mehr Haltung, wenn ich bitten darf!‹

Zufrieden mit dem Ergebnis seiner Rasur entschied er auch auf den Espresso zu verzichten. Das brachte noch einmal fünf Minuten.

Im Schlafzimmer erlaubte sich Caponnetto einen Moment der Rührung und schaute auf das Meer, das sich in der Schranktür spiegelte.

Er gab sich einen Ruck und dann zog Giuseppe Caponnetto, *Capitano* der *Carabinieri*, zum letzten Mal seine Uniform an.

*

Am Abend zuvor, etwa zu der Zeit, als der *Capitano* seine Vorbereitungen für den nächsten Tag begonnen hatte, tat es rund 20 Kilometer nordwestlich von Savona einen dumpfen Schlag. Und dann noch einen und noch einen und noch einen.

Bald sickerten dicke Blutstropfen auf die Lehne des Ohrensessels. Der Kopf von Umberto Serra war schlaff auf seine rechte Schulter gesunken.

Schon der erste Schlag hatte genügt, den Schädel zu zertrümmern. Die restlichen Schläge waren lediglich Ausdruck einer Woge von Wut gewesen, die nur langsam abgeebbt war. Dann endlich war es vorbei.

Die Gestalt hinter dem Sessel, ganz außer Atem vor Anstrengung, legte den Hammer auf den Boden, riss schnell einige Schubladen im *salotto*, dem Schlafzimmer und der Küche auf und leerte den Inhalt auf den Boden.

Dann lief der dunkle Schatten zurück zum Sessel, nahm den Hammer an sich, ging durch die noch offenstehende Wohnungstür, stieg die Treppe hinunter, trat aus dem Haus Nummer 13 und verschwand in der Abenddämmerung von San Giuseppe.

Der Obduktionsbericht wird später vermerken, dass der Tod gegen 20 Uhr eingetreten war, also etwa zu der Zeit als auf *RAI Uno* die Hauptnachrichtensendung begann. Als Todesursache im Fall Umberto Serra wird die Gerichtsmedizinerin »Schädelbasisbruch nach stumpfer Gewalteinwirkung auf das Hinterhaupt« festhalten.

Die Wucht und Anzahl der Schläge deuteten auf einen impulsiven Mörder hin. Andererseits hatten Täterin oder Täter vermutlich die Waffe in die Wohnung mitgebracht und wieder mitgenommen. Das wiederum sprach für ein planvolles Vorgehen.

Es waren solche Widersprüche, die *Commissario* Bonfatti, der als leitender Ermittler eingesetzt werden würde, besonders reizten.

*

Bei der Verabschiedung von *Capitano* Caponnetto in den Ruhestand war die Aula des Taucherausbildungszentrums der *Carabinieri* in Genua bis auf den letzten Platz belegt.

Die Gäste ließen sich grob in vier Gruppen unterteilen,

die jeweils eine der wichtigsten Etappen von Caponnettos Laufbahn repräsentierten.

Es gab einige junge *Carabinieri,* bei denen Caponnetto als strenger wie fachkundiger Lehrer der Ausbildungseinheit in Rom in Erinnerung geblieben war.

Die zweite Gruppe bestand aus denjenigen, die ungefähr in Caponnettos Alter waren. Allesamt trugen sie die elegante Uniform, die Giorgio Armani in den 1980er Jahren für die *Carabinieri* neu entworfen hatte.

Einige unter ihnen hatten mit Caponnetto die Ausbildung absolviert, sich dann aber, weil es ihnen an Disziplin, Talent – oder an beidem – gefehlt hatte, nicht für die höhere Laufbahn empfohlen.

Der größere Teil dieses Grüppchen bestand aus Kollegen, die mit Caponnetto die Offiziersschule besucht oder später gemeinsam mit ihm in Palermo oder Rom im *Raggruppamento Operativo Speciale,* kurz *ROS* genannt, gedient hatten.

Die dritte Gruppe bildete eine Mischung aus Vertretern anderer uniformierter Einheiten und Zivilisten.

Stefania Barone war ebenfalls unter den Gästen. Caponnetto hatte sie seit jenem Abschied in Palermo nicht mehr gesehen. Ihr Profil jedoch war ihm in der Menge sofort aufgefallen.

Unter den Männern und Frauen in Uniform waren Vertreter der Feuerwehr, ebenso wie der Finanzpolizei. Auch einige »Blaue« waren da, Beamte der *Polizia di Stato.* Zwischen den *Carabinieri* und den Angehörigen der *Polizia* gab es eine lange Historie, geprägt von viel Konkurrenz und wenig Kooperation. Doch Caponnetto war weithin bekannt als ein Diener des Staates, dem der Erfolg in der

Sache wichtiger war als Partikularinteresse. Das hatte ihm Kritik von einigen ehrgeizigen Brigadegenerälen eingebracht, die ihre Fahndungserfolge nicht teilen wollten. Aber auch den Respekt und das Vertrauen vieler Kollegen aus den unterschiedlichsten Reihen.

Caponnetto freute sich besonders, als er Bonfatti unter den Gästen in der ersten Reihe sah. Er hatte angeordnet, den Platz links neben seinem eigenen für den Kollegen zu reservieren und war nun sichtlich zufrieden, dass sein Wunsch erfüllt worden war.

In dem *Commissario* hatte er nicht nur einen zuverlässigen Kollegen gefunden, sondern auch einen Freund. Ihre Laufbahnen hatten sich in den vergangenen Jahren mehrfach gekreuzt, zunächst auf Sizilien, dann auf dem Festland. Sie hatten gemeinsam Ermittlungen koordiniert und Fahndungserfolge gefeiert. Beide waren Anfeindungen aus den eigenen Reihen ausgesetzt gewesen, ebenso wie seitens der Lokalpresse. In Rom hatten sie sich für ein paar Monate eine Wohnung in der *Via Tuscolana* geteilt.

Nachdem seine Tante Antonella verstorben war, hatte Caponnetto keine Angehörigen mehr, die der Veranstaltung hätten beiwohnen können. So bestand die Gruppe der Zivilisten aus einigen Repräsentanten der Provinz, lokalen Pressevertretern und Angehörigen ausländischer Dienste.

Sein Mentor, *Generale* Carlo Marini, hatte sich eine besondere Überraschung ausgedacht. Er hatte eine handverlesene Gruppe internationaler Beamte zu einer Tagung nach Genua geladen, absichtlich auf den Tag nach Caponnettos Verabschiedung. Und ganz bewusst hatte er als Tagungsort das Taucherzentrum, etwas außerhalb von Genua, gewählt.

Das schmucklose Dienstgebäude lag direkt an der *Strada Statale* 1 und war damit leicht zu erreichen – ganz gleich, ob die Gäste am Flughafen Genua landeten oder mit dem Zug kamen. Auch das Thema der Tagung war nicht zufällig gewählt worden. »Die Rolle des organisierten Verbrechens bei der Produktfälschung von Nahrungsmitteln.«

Die *Agromafia* war eines der Schwerpunkte von Caponnettos Arbeit in den vergangenen Jahren gewesen.

Von der Öffentlichkeit weitgehend unbeachtet verdienen kriminelle Organisationen ein Vermögen mit Subventionsbetrug, Schwarzarbeit und der Fälschung von Lebensmitteln. Allein das Panschen und Umetikettieren von Olivenöl bringt der Mafia jedes Jahr einen zweistelligen Millionenbetrag ein.

Caponnetto freute sich im Publikum Kollegen aus seiner Zeit in der Verbindungsstelle in Tirana zu sehen und auch einige bekannte Gesichter aus London und Berlin. Den Kollegen Hering aus Bayern konnte er in der Menge nicht ausmachen. Entweder war er noch auf dem Weg von München nach Genua oder er hatte ein *contratempo*.

›Sicher ist ihm ein Fall dazwischengekommen, oder eine wichtige private Sache‹, dachte Caponnetto.

Unter all den Männern und Frauen, mit denen er zusammengearbeitet hatte, war Hering derjenige gewesen, der Caponnetto am meisten beeindruckt hatte. Der Mann vom Landeskriminalamt Bayern war ebenso kreativ in der Entwicklung neuer Fahndungsansätze wie zielstrebig im Aufbau einer internationalen Kooperation zur Bekämpfung der Organisierten Kriminalität.

Caponnetto hörte die Ansprachen, die gemäß Protokoll und Rangordnung der Laudatoren vorgetragen wurden. Noch während der ersten Rede drehte sich Caponnetto zur Seite und flüsterte Bonfatti zu

»Bitte zwick mich, damit ich spüre, ob ich noch lebe.«

»Ja«, schmunzelte sein Nachbar, »schon gut, Peppino. Du lebst noch. Jetzt sei still und hör‹ zu.«

Antonio Bonfatti war einer der wenigen, die Giuseppe Caponnetto mit »Peppino« anreden durften. Ansonsten war dieser Kosename den Angehörigen der Familie vorbehalten gewesen.

Caponnetto hatte Bonfatti vor einigen Jahren mitgenommen zu einem Besuch bei seiner Tante Antonella. Die Tante hatte ihn »Peppino« genannt, Bonfatti hatte diese Anrede übernommen und Caponnetto hatte es ihm gestattet als ein Zeichen der Freundschaft, die sie verband.

Ein Brummen war zu hören. Nach einigen Sekunden wieder ›Brumm, Brumm‹. Bonfatti griff in seine Tasche, las die Nachricht und wandte sich zu Caponnetto.

»*Merda*, gewaltsamer Tod, ausgerechnet heute. Ich muss los.«

Caponnetto flüsterte »Das muss Dir nicht leidtun, Antò. Das hier ist ja noch nicht meine Beerdigung. Kommst Du später wieder – an den Strand?«

»Sobald ich kann. Versprochen!« Bonfatti stand auf und ging zu seinem Wagen. Das schlechte Gewissen darüber, dass er seinen Freund mit den anderen Gästen alleine ließ, würde ihn die ganze Fahrt nach San Giuseppe begleiten.

*

Caponnetto hatte einen Tisch für die engsten Freunde in einer *trattoria* am Strand *Piazza Nicolo da Voltri* reserviert. Der nach dem genuesischen Maler benannte Strand war gewiss nicht der schönste an der Ligurischen Küste, aber er lag in Fußnähe der Tauchschule.

In dieser *trattoria* hatte Caponnetto schon so manchen Teller Pasta genossen: *spaghetti allo scoglio* oder *pasta alla genovese.* Sein Lieblingsgericht aber waren die *pennette* mit beschwipstem Tintenfisch – *polpo ubriaco.*

Caponnetto hatte sich für gutes Essen begeistern können, soweit seine Erinnerung zurückreichte. Rezepte jedoch interessierten ihn erst seit einigen Monaten.

Pennette con polpo ubriaco war eines der ersten Kochrezepte, mit denen er sich überhaupt beschäftigt hatte. Der Oktopus musste weichgeklopft und in kleine Stücke geschnitten werden. Dann gab man eine halbe Zwiebel und etwas *pepperoncino*, beides sehr fein gehackt, zusammen mit einer Knoblauchzehe und einem Lorbeerblatt in einen Topf mit erhitztem Olivenöl. Sobald die Zwiebeln goldbraun waren, kam der *polpo* hinzu und dann musste man ihn etwas im eigenen Saft köcheln lassen. Den lustigen Namen verdankte das Rezept den zwei Gläsern Rotwein, die nach und nach in den Sud gegossen wurden. Etwa eine Stunde dauerte es dann, bis der Rotwein fast vollständig reduziert und der *polpo* schön weich und zart war.

Meistens wurde der »beschwipste Tintenfisch« mit

Spaghetti serviert. Caponnetto aber bevorzugte die Variante mit *pennette* und hatte für den heutigen Abend beim Wirt der *trattoria* einige Portionen vorbestellt.

*

Bonfatti war, nachdem er die Aula verlassen hatte, eilig zu seinem Dienstwagen gelaufen und startete nun den Motor. Ihm war klar, dass er bis zum Tatort mehr als eine Stunde brauchen würde. Zu dieser Zeit war die *Aurelia* stark befahren. Auch die Straße entlang der Küste würde ihn nicht schneller ans Ziel bringen.

›Also die Europastraße 80 bis Savona, dann zunächst die E717 bis Altare und dann weiter auf die Landstraße SP29 bis San Giuseppe.‹ Bonfatti drückte die Kurzwahltaste auf dem *cellulare.*

»*Ciao* Cristina, was hast Du für mich?«

Cristina Donati, die zuständige Pathologin, hatte schon auf den Anruf des *Commissario* gewartet.

»*Ciao* Antonio. Der Tote ist männlich, vermutlich zwischen 70 und 80 Jahre alt. Ihm wurde gestern Abend …«

Bonfatti fuhr in einen der zahlreichen Tunnel, die die Küstenabschnitte miteinander verbanden. Er würde sich gedulden müssen.

Cristina Donati, die nicht bemerkt hatte, dass Bonfatti sie nicht mehr hören konnte, setzte unterdessen ihren Bericht fort.

»…, ich würde meinen zwischen 19 und 21 Uhr der Schädel eingeschlagen. Genaueres kann ich erst nach der Obduktion sagen.«

Dann hörte sie das ›tut, tut‹ in der Leitung und merkte, dass die Verbindung unterbrochen war.

*

In Genua hatte der *Capitano* unterdessen den offiziellen Teil der Verabschiedungsfeier hinter sich gebracht.

Im Vorraum der Aula war ein kleines Buffet aufgebaut worden, und er hatte sich so im Raum postiert, dass er das Buffet im Blick behalten konnte.

Als er auf die Bühne gerufen worden war, hatte er Stefania aus den Augen verloren. Zuerst war er von den Scheinwerfern geblendet worden. Dann am Ende, während die Gäste schon aufgebrochen waren in Richtung Buffet, war er dem Präfekten in die Arme gelaufen.

Der gute Mann hatte die gleiche trockene Rede, die er zuvor gehalten hatte, noch ein zweites Mal vorgetragen – fast wortgleich. Caponnetto, dem die gute Absicht dahinter bewusst gewesen war, hatte die Laudatio geduldig über sich ergehen lassen. Er hatte sich bedankt und den Präfekten gebeten, sich am Buffet zu bedienen.

Als der *Capitano* schließlich wieder von der Bühne gestiegen war, hatte Stefania ihren Platz bereits verlassen.

Er hoffte, sie jetzt am Buffet zu sehen und überlegte zugleich, ob sie vielleicht schon gegangen war.

›Ohne mit mir zu sprechen. Das kann ich mir kaum vorstellen‹, beruhigte sich Caponnetto und schaute weiterhin Richtung Buffet.

»Suchst Du jemanden?«

Noch vor ihrer Stimme hatte er das Parfum erkannt und

sich sofort umgedreht. Seine und Stefanias Nasenspitzen hatten sich dabei fast berührt.

›Wunderbar‹, schoss es Caponnetto durch den Kopf› noch immer der gleiche Duft!‹

»Stimmt, was ich gehört habe, Giuseppe … Du bist jetzt Gastronom geworden? Siehst Du deswegen andauernd Richtung Buffet?«

Es sollte wie ein Scherz klingen, aber Caponnetto konnte nicht darüber lachen. Nicht heute.

»Komm, lass uns nach draußen gehen, Steff, etwas frische Luft schnappen.«

Im Freien angekommen, erzählte er Stefania in knappen Worten, was in den vergangenen Monaten sein Leben verändert hatte.

»*Momento*, Giuseppe, *piano*! Das ging mir zu schnell.« Stefania schaute ihn fragend an.

Die scheinbare Gleichgültigkeit, mit der Caponnetto von seinem Unfall während einer Ermittlung sprach, von den Monaten im Krankenhaus und der Entscheidung, den Dienst zu quittieren, machte sie betroffen.

»Das klingt fast so, als ginge es nicht um Dein Leben, sondern um einen Film, den Du gestern bei Netflix gesehen hast.«

»Was soll ich sagen? Nach dem Unfall war meine Einsatztauglichkeit eingeschränkt. Und daran würde sich auch nichts ändern: ein … ge … schränkt.«

Der *Capitano* zerteilte die Silben des Wortes, als ob es sonst unverständlich, nicht begreifbar wäre.

»Ich hatte die Wahl, ein Schreibtischhengst zu werden, einer von den Robinson Crusoes, oder neu anzufangen.«

Stefania musste schmunzeln. Als »Robinson Crusoes«

hatte Caponnetto stets die Kollegen bezeichnet, die ihren Dienst lustlos verrichteten. Diejenigen, die nicht aus Überzeugung zu den *Carabinieri* gegangen waren. Diejenigen, die sich einen *posto sicuro* mit Pensionsanspruch sichern wollten. Diejenigen, die ihre Jahre bis zur Pensionierung damit verbrachten, schon montags auf Freitag zu warten – Robinson Crusoes eben.

»Ja, das verstehe ich. Es muss schwierig gewesen sein für dich. Und es tut mir so leid. Ich hätte mich melden müssen.«

Caponnetto umschloss ihre linke Hand mit seinen Händen. »Stefania, es muss Dir nicht leidtun. Du warst beschäftigt, Deine Ermittlungen damals waren sehr wichtig.«

Dann fuhr Caponnetto mit seinem Bericht fort. Wieder sprach er in einem Ton, als ob er eine Ermittlungsakte zusammenfasste: »Im Juni ist Tante Antonella überraschend gestorben. Sie erlitt einen Herzinfarkt auf dem Weg zur *Infiorata*. Als die *ambulanza* eintraf, war sie bereits tot.«

Die *Infiorata* in Pietra Ligure ist ein Blumenfest mit großer Tradition. Die Straßen und Plätze des Küstenortes verwandeln sich Jahr für Jahr in ein Blütenmeer aus bunten und kunstvoll gestalteten Bildern und Ornamenten. Unzählige Blumen säumen dann in phantasievollster Weise die Fußwege und lassen Bewohner wie Besucher eintauchen in eine Welt aus Farben und Düften.

Caponnettos Tante hatte dieses Fest geliebt. Ohnehin war sie eine Liebhaberin von Blumen und Blüten gewesen. Den Garten ihres Hauses hatte sie mit Bedacht gestaltet: neben dem Tisch auf der Terrasse standen Oliven- und Zitrusbäume in hellen Terrakottatöpfen. Rote, rosa, weiße, gelbe, lachsfarbene und aprikotfarbene Oleanderpflanzen dienten als Sichtschutz zur Straße und dem Nachbargrundstück. Drillingsblumen rankten an der Hauswand neben und über der Tür.

Lavendel und natürlich Thymian, Rosmarin, Majoran und Oregano hatten den Liegestuhl so eingerahmt, dass Tante Antonella an manchen Tagen allein am Geruch erkennen konnte, aus welcher Richtung der Wind wehte. Roch es nach Lavendel oder Rosmarin – diese Pflanzen standen am Kopfende der Liege – kam der Wind aus dem Norden oder Nordwesten. An solchen Tagen konnte der Himmel wolkenfrei sein, während im nächsten Moment frische Böen aufkamen, die die Luft deutlich kälter erscheinen ließen. Diese Windströmung wurde Tramontana genannt und war typisch für Ligurien, besonders in den Wintermonaten.

Nach dem Tod seiner Tante hatte Caponnetto diesen prächtigen Garten geerbt, zusammen mit ihrem Haus, das ihm seit seiner Kindheit gut vertraut war. Antonella hatte ihn als Alleinerben im Testament bedacht.

Einerseits war das keine große Überraschung. Schließlich war er der einzige lebende Verwandte. Andererseits kam es doch unerwartet für ihn, denn, der lokale Tierschutzverein und die katholische Kirche hatten regelmäßig großzügige Spenden von der Tante erhalten und daher vermutlich ebenfalls auf einen Erbanteil gehofft.

Zum Nachlass der Tante gehörten noch zwei weitere Häuser in Pietra Ligure, die Antonella im Bauboom der 1980er Jahre gekauft hatte. Eines davon beherbergte ein Restaurant, das seit Jahrzehnten an eine Familie verpachtet war. Auf diese Immobilie hatte Stefania angespielt mit ihrer Bemerkung, Caponnetto sei nun Gastronom geworden.

Das Erbe von Tante Antonella hatte Caponnetto die Entscheidung erleichtert, den Dienst zu quittieren. Den Entschluss hierzu hatte er aber schon im Krankenhaus gefasst. Der Nachlass machte ihn finanziell unabhängig und erlaubte ihm seinen Abschied aus dem Staatsdienst zu nehmen, ohne einen konkreten Plan für sein Leben danach zu haben.

»Ich hatte ja keine Ahnung, Giuseppe«, sagte Stefania traurig.

»Von deinem Unfall hatte ich gehört und dass Du Dich daraufhin für die Versetzung in den Ruhestand entschieden hast, aber ich hatte keine Ahnung, was es mit dem Restaurant auf sich hatte.«

Sie war davon ausgegangen, Caponnetto habe sich in ein Restaurant eingekauft, um der Langeweile vorzubeugen, die ihn als Frühpensionär erdrücken würde. Jetzt erst begriff sie, dass das Restaurant zum Nachlass der Tante gehörte und wusste daher auch, um welches Restaurant es sich handelte. Caponnetto hatte seine Tante Antonella dort regelmäßig zum Essen ausgeführt, wenn er in Pietra Ligure zu Besuch gewesen war. Einmal, an ihrem Geburtstag, war Stefania auch dabei gewesen.

Antonella hatte das Restaurant 1985 an das Ehepaar Pavese/ Meloni verpachtet. Als *Signor* Pavese nur wenige Monate später überraschend gestorben war, hatte Tante Antonella der Witwe die Miete für sechs Monate erlassen, und ihr damit ermöglicht, die *Osteria Il Golfo* fortzuführen.

Caponnettos Tante und *Signora* Meloni hatte keine Freundschaft verbunden. Sie hatten stets nur das Nötigste miteinander gesprochen. Ihre Charaktere waren einfach zu unterschiedlich gewesen, aber Antonellas noble Geste nach dem Tod des Mannes hatte ein enges Band zwischen den beiden Damen geschaffen.

Vor zwei Jahren dann war *Signora* Meloni bei Tante Antonella vorstellig geworden, weil sie ihr den Plan mitteilen wollte, *Il Golfo* an ihre Nichte Giulia Lenti weiterzugeben.

»Meine Beine tragen mich nicht mehr wie früher. Und was noch schlimmer ist: Der Geschmackssinn lässt im Alter nach. Ich will nicht, dass die Leute aus Mitleid bei mir essen, auch wenn die *minestra* versalzen ist.« Sie hatte dabei gelacht, aber ihre Augen hatten traurig ausgesehen.

»Giulia möchte nach Italien zurückkommen, nach Ligurien. Sie hat das nötige Talent und die erforderliche Disziplin.«

Signora Meloni hatte sich feierlich an Tante Antonella gewandt und gesagt »Bitte erlauben Sie meiner Nichte, die *osteria* in Ihrem Haus weiterzuführen.«

Tante Antonella hatte nicht geantwortet, sondern nur die Hand von *Signora* Meloni fest gedrückt. Dann, nach kurzem Zögern, hatten sich die beiden Damen umarmt.

Damit war die Verbindung neu geknüpft worden. Ab diesem Zeitpunkt war Tante Antonella auch mit Melonis Nichte Giulia verbunden gewesen. Und dieses Band war nun als Teil der Erbschaft von seiner Tante auf Caponnetto übergegangen, ob er wollte oder nicht.

*

Der Verkehr war noch zähflüssiger, als Bonfatti befürchtet hatte und so brauchte er fast 90 Minuten bis nach San Giuseppe.

Dort angekommen, fielen ihm als Erstes die missmutigen

21

Gesichter der Bestatter auf. Er hatte Cristina Donati per SMS gebeten, die Leiche bis zu seinem Eintreffen am Tatort zu behalten, auch wenn aus ihrer Sicht die Spurensicherung abgeschlossen und der Tatort dokumentiert war.

Für die Bestatter, die nach Fallpauschale bezahlt werden, bedeutete dies einen Mehraufwand, für den niemand aufkommen würde. Bonfatti konnte sich lebhaft vorstellen, wie die Herren später beim Transport der Leiche im Bestattungswagen ihrem Unmut über den Zeitverlust Luft machen würden.

›Nicht wirklich einer Totenfahrt würdig‹, dachte er, ›ein bisschen Respekt sollte einem alten Herrn bei seiner letzten Fahrt doch gebühren‹. Bonfatti zuckte mit den Achseln.

Der *Commissario* legte großen Wert darauf, jeden Tatort selbst in Augenschein zu nehmen. Daran würden die grimmigen Gesichter der Bestatter auch nichts ändern. Dieses Mal jedoch hatte es den Anschein, als sei der Aufwand vergebens gewesen.

Die Umstände schienen klar: Der Tote war Umberto Serra: 68 Jahre alt, verwitwet. Er hatte seit vielen Jahren allein gelebt und vermutlich war er schwerhörig gewesen. Darauf deutete zumindest die Lautstärke des Fernsehers hin, der noch immer lief. Niemand hatte sich getraut, vor Bonfattis Eintreffen die Fernbedienung anzufassen.

Die Tür der Wohnung war aufgebrochen und der alte Mann war vor dem laut dröhnenden Fernseher erschlagen worden. Es konnte nahezu ausgeschlossen werden, dass der Täter gestört worden war, denn es hatten sich keine Zeugen gemeldet.

Die Nachbarn waren entweder ebenso schwerhörig wie

Serra oder sie befanden sich außer Haus. Am wahrscheinlichsten war, dass die Nachbarwohnungen Familien aus Turin oder Mailand gehörten, die gerne auch in dieser Gegend von Ligurien ihr *seconda casa* unterhielten, um an den Wochenenden dem Smog und Lärm der Großstadt zu entfliehen.

Die Polizei war durch Livia Auci alarmiert worden. Die junge Frau saß mit noch immer blassem Gesicht in der Küche und umklammerte eine Tasse Kamillentee.

»*Signora* Auci«, Bonfatti sprach sie zunächst leise an und schaute hinüber zum Sanitäter. Als dieser ihm zunickte, fuhr er fort.

»*Signora* Auci, bitte entschuldigen Sie. Ich kann mir vorstellen, dass es Ihnen nicht gut geht. Darf ich Ihnen trotzdem einige Fragen stellen?«

Die junge Frau nahm einen Schluck aus der Tasse und Bonfatti konnte ihr ansehen, dass sie versuchte, sich zu sammeln. Schließlich gab sie dem *Commissario* Auskunft.

Seit rund drei Jahren sei sie in Diensten bei Umberto Serra gewesen. Dreimal pro Woche habe sie die Wohnung sauber gemacht, eingekauft und gekocht. Immer am Montag und Freitagvormittag und am Mittwochnachmittag. Manchmal, wenn es ihre Zeit erlaubt habe, sei sie mit dem alten Mann mittwochs dann noch spazieren gegangen.

Das sei nicht Teil ihrer Dienstpflichten gewesen, und dafür bezahlt worden war sie auch nicht. Sie habe dennoch regelmäßig die 30 Minuten investiert. Sehr viel länger habe der alte Serra ohnehin nicht gehen können. Manchmal habe Serra sie dann mittwochs noch gebeten, einen *Aperol Spritz* zu mixen.

Bonfatti notierte nicht ein Wort auf den Notizblock,

den er in der Hand hielt. Er schaute die junge Frau an und hörte ihr aufmerksam zu. Später würde er ein Protokoll schreiben und es Livia Auci dann am nächsten Tag zur Unterschrift vorlegen.

Am Morgen nach der Tat sei Livia Auci wie jeden Montag gegen zehn Uhr vor dem Haus Nummer 13 gestanden. Schon im Treppenhaus habe sie den Fernseher gehört und sich gewundert. Sie habe zwar gewusst, dass der alte *Signore* Serra die Lautstärke stets bis zum Anschlag aufdrehte, aber so laut hatte es im Treppenhaus noch nie gedröhnt.

Im zweiten Stock angekommen habe sie gesehen, dass die Tür offenstand und dachte, der Wind hätte sie aufgedrückt. Daraufhin war sei sie eingetreten und habe gerufen. »*Buon giorno, Signore Serra!* Hallo *Signore* Serra? Ich bin es, Livia« Dann sei sie in den *salotto* gelaufen.

Als sie die Blutlache am Boden gesehen hatte, habe sie schreien wollen, aber aus ihrer Kehle sei nur ein Wimmern gekommen. Ihre Hände hätten gezittert und sie habe kalten Schweiß auf der Stirn gehabt; dann sei sie zusammengesackt.

»Ich weiß nicht, wie lange ich da saß, mir war ganz schwindelig, ich fühlte mich elend. Ich dachte, ich müsste schauen, ob er noch lebt, aber da war so viel Blut und sein Kopf …« ihre Stimme stockte.

»Sie haben sich nichts vorzuwerfen, *Signora*«, sagte der *Commissario*.

»*Signore* Serra war schon seit gestern Abend tot. Sie konnten nichts für ihn tun, außer die Polizei zu rufen. Und das haben sie ja getan.«

Livia Auci sah Bonfatti in die Augen und fragte dann mit wütender Stimme: »Sagen Sie es mir, *Commissario*: Was bringt einen Menschen dazu, so etwas zu tun?«

Bonfatti dachte an die vielen Schläge, die der Täter dem alten Mann versetzt hatte und an die ausgeleerten Schubladen. Dann schüttelte er den Kopf.

»Ich weiß es nicht, *Signora* Auci. Aber ich bin hier, um es herauszufinden«, und nach einigen Sekunden ergänzte er: »Sie sollten jetzt nach Hause gehen und sich ausruhen. Zuvor möchte ich Sie aber noch um eine Sache bitten, wenn es geht.«

»Nur zu, *Commissario*, wie kann ich helfen?«, fragte Livia Auci.

Bonfatti bat die Haushälterin, in Begleitung einer jungen Polizistin durch die Räume der Wohnung zu gehen.

»Wenn etwas fehlt – insbesondere Wertsachen –, aber auch wenn Ihnen etwas auffällt, das an einem anderen Platz steht, dann sagen Sie es bitte, und die Kollegin wird es protokollieren.« Livia Auci nickte.

Bonfatti vereinbarte mit ihr einen Termin für den nächsten Tag um zehn Uhr im Polizeipräsidium und verabschiedete sich.

Der *Commissario* schaute hinüber zu der jungen Polizistin. Er machte zunächst mit der rechten Hand eine Faust, spreizte dann Daumen und kleinen Finger ab und führte die Hand zu seinem rechten Ohr.

Francesca Nobile hatte verstanden. Sie sollte ihn anrufen, wenn die Inventur abgeschlossen war.

*

Bonfatti ging die Treppe nach unten, sah vor der Haustür gerade noch, wie die Bestatter den Zinksarg einluden und drückte dann wieder die Kurzwahltaste seines *cellulare,* um Cristina Donati anzurufen.

Donati nahm seinen Anruf sofort an und der *Commissario* bemerkte, dass die Pathologin aus dem Auto telefonierte.

»Ich wusste nicht, wie lange Du noch mit der Haushälterin zugange sein würdest, da bin ich schon losgefahren. Der alte Serra ist ja nicht der Einzige, für den ich heute einen Schein ausstellen muss.«

Er tat so, als ob er die spitze Bemerkung überhört hätte. Cristina hatte weder einen Anlass noch einen Grund, eifersüchtig zu sein. Schließlich war sie es, die die Verlobung vor einem halben Jahr, knapp zwei Monate vor der geplanten Hochzeit, gelöst hatte.

»Ist doch klar, Cristina.« versuchte Bonfatti in einem möglichst neutralen Ton zu antworten und fragte dann, wann er mit dem Obduktionsbericht rechnen könne.

Cristinas Antwort war fahrig. »Was weiß ich. Ich habe noch zwei im Schrank, die zuerst dran sind. Vielleicht morgen Mittag, vielleicht auch schon heute Abend. Ich melde mich.«

Bonfatti stieg in seinen Wagen und machte sich auf den Weg zurück nach Genua.

Inzwischen war es 17 Uhr. Mit etwas Glück konnte er in einer knappen Stunde am Strand bei Caponnetto sein.

Während der Fahrt versuchte der *Commissario*, seine Gedanken zu sortieren. Die Bilder und Eindrücke aus der Wohnung: der zertrümmerte Hinterkopf von Umberto

Serra, die Schubladen auf dem Küchenboden, im *salotto* und im Schlafzimmer. Es sah aus, als seien sie ausgeleert, aber nicht durchsucht worden. Das warf für Bonfatti einige Fragen auf.

›War der Täter auf Bargeld aus oder auf Schmuck? Hatte er sein Opfer spontan ausgewählt oder schon längere Zeit beobachtet? Oder hatte der Täter die räuberische Absicht nur vorgetäuscht?‹

Der *Commissario* war sich sicher, dass es in der Wohnung Schmuck gegeben hatte. Aufgrund der Lage und Einrichtung der Wohnung nahm Bonfatti an, dass Serra nicht reich war, aber doch ein gutes Einkommen gehabt haben musste. Also hatte er seiner Frau sicher den einen oder anderen Ring oder eine Perlenkette geschenkt, so wie es in dieser Generation noch üblich war.

Serra war verwitwet und er hatte keine Kinder, denen er nach dem Tod seiner Frau, deren Schmuck hätte weitergeben können. Daher vermutete Bonfatti, dass der alte Serra den Schmuck einfach dort belassen hatte, wo ihn seine Frau stets aufbewahrt hatte.

›Und vielleicht gab es auch noch weitere wertvolle Uhren ...‹

Mitten in diesen Gedanken hinein klingelte das Telefon. Am anderen Ende war Francesca Nobile, die Polizeihauptmeisterin, deren Aufgabe es gewesen war, mit Livia Auci die fehlenden Wertgegenstände zu protokollieren.

»*Ispettore* Nobile hier. *Commissario*, die Zeugin und ich haben den Rundgang beendet.«

»Sehr gut! Lassen Sie mich raten. Der Schmuck und alle anderen Wertsachen waren noch da – habe ich recht?«

Die junge Polizistin war überrascht. Sie überlegte einen

Moment, ob Bonfatti nur geblufft hatte, und sagte dann: »Nicht ganz, *Commissario*, nicht ganz. Eine …«

»Ja, abgesehen von der Armbanduhr meine ich«, unterbrach Bonfatti die Kollegin gut gelaunt.

›Also, wenn er blufft, dann macht er das sehr gut‹, dachte Nobile und sagte dann: »Ja, sie haben recht, *Commissario*. Aber woher wussten Sie …?«

»Ich bin auf dem Weg nach Genua«, unterbrach sie Bonfatti. »Wir sprechen uns morgen. Kommen Sie bitte um Viertel vor zehn in mein Büro …«

Dann verschwand sein Wagen im Tunnel und die Verbindung brach ab.

*

Ein gutes Drittel der Gäste hatte sich gleich nach dem offiziellen Teil verabschiedet.

Ein weiteres Drittel nahm einen Imbiss am Buffet und reihte sich in die Schlange ein, um einige Sätze mit Caponnetto zu wechseln – wohl vor allem, um sicherzugehen, dass ihre Anwesenheit registriert wurde.

Der größere Teil des letzten Drittels nutzte die Gelegenheit, um mit einigen alten Bekannten zu sprechen und bemerkte es nicht einmal, als Caponnetto nach gut einer Stunde seinen Aufbruch vorbereitete.

Bevor er die Aula verließ, suchte er Carlo Marini, trat neben ihn und räusperte sich.

»*Generale*, ich danke Ihnen …«

»Caponnetto«, unterbrach ihn der *Carabinieri*-General, »*z*wischen uns ist alles gesagt.«

Hätte Caponnetto nicht den freundlichen Ausdruck in

Marinis Gesicht gesehen und die Augen, die nicht verbergen konnten, wie gerührt der *Generale* in diesem Moment war, dann wäre er geschockt gewesen über diesen Satz, der so abweisend klang, so endgültig.

Sein langjähriger Mentor war nie ein Freund von vielen Worten gewesen, schon gar kein Freund von Verabschiedungen. Dennoch unternahm der *Capitano* noch einen Anlauf: »Wenn Sie mal in der Nähe sind, kommen Sie in die *osteria*.«

So wie Caponnetto es sagte, klang der Satz weder wie eine Einladung noch wie eine Bitte, was daran lag, dass er selbst nicht überzeugt war, von dem, was er sagte. Der General würde nicht kommen. Das wussten sie beide.

Statt zu antworten, führte *Generale* Marini die gestreckten Finger der rechten Hand an seine Schläfe. Der *Capitano* salutierte ebenfalls und ging dann in den Nebenraum der Aula, wo er den mitgebrachten Koffer abgestellt hatte.

Er zog die schwarze Krawatte aus. Das weiße Hemd behielt er an. Seine Uniform tauschte er gegen einen hellgrauen Anzug. Er war jetzt offiziell »außer Dienst«.

*

Caponnetto verließ das Gebäude durch einen Nebeneingang und ging dann wieder Richtung Haupteingang, um den Koffer im Wagen zu verstauen.

Im Supermarkt an der Ecke kaufte er sich eine Packung Lakritz-Pastillen. Dann lief Caponnetto über die *Piazza Nicola da Voltri* wieder Richtung Süden zum gleichnamigen Strand.

Bald würde er seine Freunde im Restaurant treffen. Er freute sich auf den Abend, und doch verspürte er jetzt den Wunsch, allein zu sein, sich Zeit zu nehmen für diesen Augenblick.

Am Strand angekommen, setzte er sich auf ein niedriges Mäuerchen und schloss die Augen.

Caponnetto nahm drei tiefe Atemzüge, wobei er zwischen dem Ein- und Ausatmen jeweils eine kurze Pause machte.

Er konnte das Meer riechen, spürte die Brise in seinem Gesicht und hörte über sich eine Möwe kreischen. Er nahm weitere tiefe Atemzüge und bemerkte Bilder, die aus seiner Erinnerung aufstiegen: Stefania in der Aula; Palermo – den Justizpalast von außen aus der Luft, wie er ihn hundertfach in den Nachrichten gesehen hatte; die Bronzeskulptur »*Metamorfosi di Primavera*« (Frühlings-Metamorphose), die dort auf dem Weg zu den Fahrstühlen im rechten Gebäudetrakt stand und an der er so oft vorbeigegangen war, um einen der Staatsanwälte zu treffen; die Terrasse der *Osteria Il Golfo* in Pietra Ligure, der Yachthafen von Savona.

Dann atmete er wieder gleichmäßig, während er die Augen weiterhin geschlossen hielt.

Plötzlich brummte sein Mobiltelefon. Caponnetto hatte es vor Beginn der Feier auf lautlos gestellt. Er griff in seine rechte Hosentasche und freute sich, als er die Nummer auf dem Display sah.

»*Pizzeria* Roma, guten Tag. Sie sprechen mit Luigi!« sagte Caponnetto. Hering antwortete, ohne zu zögern, in fließendem Italienisch.

»Immer noch der alte Witzbold! *Ciao* Giuseppe, wie war die Verabschiedung?

»*Era carina, commuovente* – es war eine schöne Feier. Freut mich, deine Stimme zu hören, Manfredo.«

»Noch lieber wäre ich persönlich gekommen.«

Manfred Hering musste nicht mehr sagen. Caponnetto wusste, dass es nur wenige Dinge gab, die Hering davon abhalten konnten, zu seiner Verabschiedung nach Genua zu kommen. Höchstwahrscheinlich gab es eine wichtige laufende Ermittlung des LKA.

»*Caro mio, tutto ok.* Hauptsache, Du versprichst mir, bei nächster Gelegenheit vorbeizukommen. Dann machen wir uns einen schönen Abend und ich zeige Dir die *osteria.*«, erwiderte Caponnetto mit beschwingter Stimme.

Er war inzwischen aufgestanden, hatte das Mäuerchen hinter sich gelassen und spazierte den Strand entlang.

»Versprochen, Giuseppe. *Ciao!*«

»*Ciao* Manfredo. Pass auf dich auf.«

*

Auf der *Strada Provinciale* 29, die San Giuseppe mit Savona verband, hielt Alexandru Stelea seinen Wagen an. Dort gab es etwa zehn Kilometer hinter San Giuseppe an der SP29 eine Abzweigung der Landstraße auf eine zweite Spur, die einen kleinen Bogen machte und dann wieder auf die SP29 führte. An diesem Bogen lag das Restaurant *Il Postino*. Es hatte einige Stammgäste aus den umliegenden Dörfern und der große Parkplatz des Restaurants lockte zusätzlich Besucher an: Wanderer und solche, die weniger an der traditionellen ligurischen Küche interessiert waren als an der Abgeschiedenheit. Junge Liebespaare, die noch bei ihren Eltern wohnten, fanden hier ihren Rückzugsraum. Und leider war es auch der Ort, an dem viele Jugendliche ihre ersten Erfahrungen mit Drogen machten. So wie in den vergangenen Jahren die Jugendarbeitslosigkeit gestiegen war, so war auch die Frequenz dieser unerwünschten Besuche gestiegen.

Für Giacomo Gastone, den Wirt des *Il Postino*, waren achtlos weggeworfene Kippen, Bierdosen und Spritzen ein ständiges Ärgernis – »rufschädigend« hatte Gastone gesagt.

Alexandru Stelea hatte das nachschlagen müssen und war dann noch verwirrter gewesen. Laut Wörterbuch lag Rufschädigung vor, wenn jemand absichtlich eine Lüge über eine Person verbreitete, die deren Ansehen schädigen sollte. Aber er hatte niemals gehört, dass irgendjemand auch nur angedeutet hatte, dass Gastone in den Drogenhandel verwickelt war.

Einige Wochen später hatte Alexandru dann in der Zeitung etwas gelesen, dass so ähnlich geklungen hatte wie rufschädigend und sich gedacht, dass Gastone damals wohl »geschäftsschädigend« gemeint haben musste. Er wäre aber niemals auf die Idee gekommen, den Wirt darüber zu belehren.

Alexandru Stelea dachte lieber an das Taschengeld, das ihm Gastone jede Woche dafür zusteckte, den Parkplatz täglich abzulaufen und etwaige Spuren nächtlicher Abenteuer zu beseitigen.

Als Angestellter der ATA, der *Azienda Tutela Ambientale*, gehörte das Säubern eines privaten Parkplatzes nicht zu seinen Aufgaben.

Das regionale Müllentsorgungsunternehmen bezahlte ihn dafür, die Mülltonnen entlang der Straße und in den umliegenden Dörfern zu leeren. Der Zusatzverdienst am Parkplatz war ihm aber willkommen, und er ekelte sich nicht vor den Spritzen. Dafür hatte er seine lange Zange.

Stelea mochte seine Arbeit. Er genoss die Einsamkeit, war gerne an der frischen Luft, und die Hügel im Hinterland von Ligurien erinnerten ihn an seine Heimat.

Den Dorfbewohnern war der untersetzte Mann, der nun schon seit drei Jahren die Tonnen und Container vor ihren Haustüren leerte, als zuverlässiger und ehrlicher Arbeiter bekannt. Man grüßte sich, man winkte, gelegentlich wechselte man ein paar Sätze über den Verlauf des *scudetto*, der italienischen Fußballmeisterschaft.

Ihm wäre es nie in den Sinn gekommen, wegen der Nebentätigkeit für Gastone seine Dienstpflicht für die ATA zu vernachlässigen. Und so leerte Alexandru auch an diesem Tag zuerst die beiden Container in seinen Müllwagen, bevor er sich mit der langen Zange aufmachte, um den Parkplatz zu reinigen.

In dem kleineren der beiden Container lag ein Müllsack, der dort nicht hingehörte. Er enthielt, ein Paar Strümpfe und Schuhe, eine Unterhose, eine Hose sowie ein blutverschmiertes Shirt und den Hammer, mit dem Umberto Serra erschlagen worden war.

*

Caponnetto war inzwischen an der *trattoria* angekommen, wo sich bereits einige Gäste an dem von ihm reservierten Tisch eingefunden hatten.

Das kurze Gespräch mit Hering hatte genügt, ihn aufzuheitern. Die Wolken in seinem Kopf waren weitergezogen und er freute sich jetzt darauf, den Abend in Gesellschaft zu verbringen.

Es war merklich kühler geworden. Caponnetto zog den mitgebrachten blauen Pullover über das weiße Hemd, das Sakko hielt er locker mit der rechten Hand über die Schulter gelegt.

Stefania hatte sich vom Kellner eine Decke geben lassen und saß offensichtlich gut gelaunt bei den anderen. Auf dem Tisch standen einige Espressotassen und Wassergläser. Sie waren entweder noch nicht lange hier, oder hatten einfach aus Höflichkeit mit der Bestellung anderer Getränke auf den Gastgeber gewartet.

»*Buona sera!* Zeit für einen *aperitivo* – was meint ihr?«, rief Caponnetto und blickte schon auffordernd in Richtung Kellner, bevor am Tisch ein zustimmendes Gemurmel einsetzte.

»*Signori*, was darf ich Ihnen bringen?«, fragte der Kellner, in der Annahme, die Gäste am Tisch würden das übliche bestellen: *Aperol Spritz*, vielleicht auch *Prosecco* oder eine *birra*.

»Bringen Sie mir bitte einen *Nogroni*«, sagte Stefania und schaute den jungen Kellner keck an.

›Typisch Stefania‹, dachte Caponnetto ›sie hätte Lehrerin werden sollen, nicht Staatsanwältin‹.

Stefania Barone war eine hervorragende Staatsanwältin. Zugleich ließ sie selten Gelegenheiten aus, andere zu belehren, mehr noch: Sie legte es darauf an, solche Gelegenheiten zu provozieren. So wie jetzt mit der Bestellung eines *Nogroni*, der alkoholfreien Variante des *Negroni*.

»Die *Signora* hätte gerne einen *Negroni*, aber anstelle von *Campari* nehmen Sie bitte einen *Sanpellegrino Sanbittèr*.«

erläuterte Caponnetto dem Kellner die Bestellung. Für sich bestellte er einen *Crodino* auf Eis.

Für die anderen Gäste notierte der Kellner einen *Aperol Spritz,* einen *Martini Spritz* und ein Bier, indem er einfach zwei Striche, ein M und einen Kreis auf seinen Notizblock machte.

Er hatte sich diese Kurzschrift selbst ausgedacht, da die meisten Gäste die gleichen Vorlieben hatten. Kreise standen für Bier, senkrechte Striche symbolisierten die Strohhalme und standen für Spritz, waagerechte Striche notierte er für Wasser. Und wenn jemand ein *acqua frizzante* wollte, machte er noch ein Pluszeichen neben den waagerechten Strich. Bei Spritz-Varianten, wie der mit *Cynar* anstelle von *Aperol,* schrieb er einfach ein C mit senkrechtem Strich. Und für die Variante mit *Martini* schrieb er ein M.

»Du weißt schon, dass ein *Nogroni* …« begann Stefania, als der Kellner sich umgedreht hatte.

›Ja‹, dachte Caponnetto ›ich weiß, dass Du immer noch bist, wie ich Dich vor sechs Jahren kennengelernt habe‹, sagte dann aber nur, »Ja, ich weiß, dass ein *Nogroni* neben einem alkoholfreien Bitter auch mit alkoholfreiem Gin und Wermut gemixt wird. Aber wir sind hier nicht in Brera.« Er grinste dabei.

Ihre Wege hatten sich vor drei Jahren in Palermo getrennt, weil Stefania angeblich Sehnsucht nach Mailand hatte. Darauf spielte Caponnetto mit der Erwähnung von Brera an. Dieser Mailänder Stadtteil war weithin als Künstler- und Ausgehviertel bekannt. Stefanias Entschluss hatte ihn sehr getroffen, denn sie waren sich gerade nähergekommen, und Stefanias Rückkehr nach Mailand war aus

Caponnettos Sicht ein deutliches Signal dafür gewesen, dass es ihr damals nicht so ernst gewesen war wie ihm.

*

Als Bonfatti zur Gruppe am Strand stieß, hatte Caponnetto gerade die *pennette con polpo ubriaco* bestellt, auf die er sich schon seit dem Nachmittag gefreut hatte.

»Gut, dass Du von unterwegs aus angerufen hast. Ich habe dir gleich eine Portion *polpo* mitbestellt.«

»Danke Peppino, wobei ich heute schon fast etwas zu viel rote Sauce hatte«, Bonfatti verzog die Mundwinkel.

»Ah, dein gewaltsamer Todesfall!« warf Stefania ein. »Wenn selbst die Dorfpolizisten sofort merken, dass es kein Unfall war, muss es ja sehr offensichtlich gewesen sein. Was war es denn: Bauchschuss, Kehle durchgeschnitten?«

Bonfatti ignorierte die spitze Bemerkung.

»Einem alten Mann wurde der Schädel eingeschlagen.«

»Da hast Du ja Glück, den Abend mit einem Haufen kriminalistisch ausgebildeter Klugscheißer zu verbringen. Oder willst Du lieber …«

»Lieber nicht darüber sprechen?«, unterbrach Bonfatti seinen Freund »ach was – im Gegenteil: Ich bin gespannt, was ihr darüber denkt«.

Bonfatti begann zu beschreiben, was er am Tatort gesehen hatte: den alten Mann im Sessel, die Blutlache am Boden. Er hatte zunächst angenommen, dem Opfer sei die Uhr abgenommen worden, denn ihm war eine etwas hellere Stelle am Handgelenk aufgefallen. Später hatte er dann aber in der Küche einen Abholschein entdeckt. Demnach lagen zwei Uhren von Umberto Serra zur Revision beim Uhrmacher.

Dieser Serviceauftrag allein war noch kein Beweis dafür, dass es sich um hochwertige mechanische Uhren handelte, aber Bonfatti sah es als ersten Ansatzpunkt für ein mögliches Tatmotiv.

»Sagen wir, der Täter weiß, dass der alte Mann Uhren sammelt. Er bricht ein, um die Uhren zu stehlen und erschlägt dann das Opfer«, versuchte Stefania die Überlegungen von Bonfatti zusammenzufassen.

»Klingt nicht plausibel«, ging Caponnetto dazwischen. »Wenn der Alte so schwerhörig war, hätte der Dieb die ganze Wohnung ausräumen können, ohne dass der Mann es mitbekommen hätte. Und da er im Sessel von hinten erschlagen wurde, hatte er den Täter auch nicht überrascht, sondern ist selbst überrascht worden.«

»Ja, so sehe ich das auch. Zumal die Haushälterin bestätigt hat, dass nichts von den Wertsachen, die Serra im Haus hatte, fehlte. In der Kommode lagen einige Schmuckstücke, die seiner verstorbenen Frau gehört hatten«, ergänzte der *Commissario*.

»Und davon fehlte nichts, sagt die Haushälterin? Vielleicht steckt sie selbst mit drin?«, mutmaßte Pietro Neri.

Neri, ein ehemaliger Schüler von Caponnetto, blickte gespannt in die Runde. Er hatte bisher still am Tisch gesessen und den anderen zugehört.

Die Einladung zu diesem letzten, sehr privaten Teil von Caponnettos Abschiedsfeier hatte er als eine Art Ritterschlag empfunden. Er fühlte sich geehrt, in diese Runde aufgenommen zu sein. Er wollte als Letztes durch eine dumme Bemerkung unangenehm auffallen – zudem war Neri mit Abstand der jüngste Gast am Tisch.

»Dafür schien sie mir zu betroffen von der Tat, so wie sie noch zwei Stunden später blass am Küchentisch saß«, entgegnete Bonfatti.

»Oder sie ist einfach eine gute Schauspielerin« hakte Pietro nach, der seine Theorie von der Mittäterschaft noch nicht fallen lassen wollte.

»Vielleicht hat sie dem Täter den Tipp gegeben, weil sie einen Teil der Beute wollte und sie war nun geschockt, weil die Tötung nicht Teil des Plans gewesen war.« versuchte Pietro den Faden weiterzuspinnen.

Die Runde verstummte, als sich der Kellner in Begleitung von Alfonso, dem Koch der *trattoria*, dem Tisch näherte. Beide hielten drei dampfende Teller in den Händen.

Stefania Barone bekam den ersten *piatto ›allo scoglio‹* serviert. Die nächsten Portionen gingen an Giancarlo Spadoni und Augusto Branco. Beide waren ebenfalls *Carabinieri*, die mit Caponnetto die Offiziersschule besucht hatten.

Der Koch selbst servierte die *pennette con polpo ubriaco* für Pietro Neri und Antonio Bonfatti, denen sogleich der typische, leicht fischige Duft des Tintenfisches in die Nase stieg. Als er die letzte Portion vor Caponnetto auf den Tisch stellte, bemühte er sich um einen feierlichen Ton in seiner Stimme.

»Ich habe extra hart zugeschlagen mit dem Hammer, damit der *polpo* ganz weich und zart wird, *Signor Capitano.*«

Bonfatti blickte zum Koch auf. In Gedanken sah er vor sich, wie der stämmige Mann mit den kräftigen Armen am

Morgen mit dem Hammer auf den *polpo* eingeschlagen hatte, extra hart. Der *Commissario* dachte an Umberto Serra.

»Und dann? Was haben Sie dann mit dem Hammer gemacht?«, fragte Bonfatti unvermittelt den Koch.

Überrascht über die Frage, überlegte Alfonso, ob der Gast eventuell ein Beamter der Gesundheitspolizei, NAS, war. Er versuchte sich zu erinnern, ob es bestimmte Vorschriften gab, die er eventuell missachtet haben könnte. Alfonso entschied sich, einfach bei der Wahrheit zu bleiben.

»Abgewaschen. Ich habe ihn abgewaschen und in die Schublade gelegt.« Und nach kurzem Zögern ergänzte er »Ach so, und abgetrocknet habe ich ihn: abgewaschen, abgetrocknet und dann wieder in die Schublade gelegt.«

Caponnetto versuchte die etwas skurrile Situation aufzulösen, indem er in die Hände klatschte.

»Also, dann wollen wir es uns schmecken lassen!«, sagte er und griff nach der Gabel.

Alfonso, der Koch, dankbar für die Ablenkung, gab dem Kellner einen Stups mit dem Ellenbogen, woraufhin sich beide rasch entfernten und den *polpo* seinem Schicksal überließen.

II

Am nächsten Morgen wachte Antonio Bonfatti nicht wie sonst von selbst auf. Der Abend mit Caponnetto war schön und lang gewesen. Erst nach Mitternacht war er in Genua aufgebrochen und Caponnetto hatte ihm das Versprechen abgenommen, ihn bald in der *osteria* zu treffen.

Bei der Verabschiedung am Strand hatte er dunkle Andeutungen gemacht. Offenbar hatte Eleonora Meloni, die erste Pächterin der *osteria*, den Anschluss an die Zeitläufte verpasst. *Il Golfo* war schon seit Jahren nicht mehr so gut besucht wie in seiner Erinnerung und in wirtschaftliche Schieflage geraten.

Über Jahrzehnte hatten die Mailänder und Turiner an den Wochenenden das Restaurant gefüllt. Sie fuhren freitags nach unten an die Küste, schliefen in ihrer *seconda casa* und verbrachten sonst möglichst viel Zeit draußen. Zum einen wegen der frischen Luft, zum anderen, weil diese Zweitwohnungen am Meer meistens sehr klein waren.

Manche blieben für ein verlängertes Wochenende, und natürlich kamen sie auch an den Feiertagen und während der Ferien. Diese Gäste aus Mailand und Turin brachten in guten Jahren an einem Wochenende mehr Umsatz in die *osteria,* als die ortsansässigen Stammgäste aus Pietra Ligure in einer ganzen Woche.

Dann kam das Jahr 2008 und viele begannen, den Cent zweimal umzudrehen, bevor sie ihn ausgaben. Nicht zuletzt, weil viele von ihnen bei den Großbanken angestellt waren und nach der Finanzkrise um ihre Jobs bangten.

Für *Signora* Meloni hatte das weit weg geklungen: Finanzkrise. Sie hatte davon in den Abendnachrichten gehört, aber nie den Zusammenhang mit ihrer *osteria* gesehen.

Zunächst hatte es ihr auch nichts ausgemacht, dass an den Wochenenden nicht mehr alle Tische besetzt waren und die Bestellungen kleiner ausfielen. Sie selbst war nicht mehr die Jüngste und die Schnellste auf den Beinen ebenfalls nicht.

Dann kam schleichend der Generationenwechsel. Viele der älteren *Milanesi* und *Torinesi* verkauften ihre kleinen *appartamenti*. Einige blieben fortan in den Großstädten und flogen einmal im Jahr nach Kroatien oder Thailand, um das Meer zu sehen. Manche konnten sich auch das nicht mehr leisten und mussten sich mit ihren Erinnerungen an glücklichere Tage in Ligurien begnügen. Andere investierten den Erlös aus dem Verkauf der *appartamenti* und kauften sich in einen der Wohnkomplexe ein, die in Pietra neu gebaut wurden.

Die Wohnungen in diesen Neubauten waren deutlich größer und barrierefrei. Sie waren ein gutes Investment für die Altersvorsorge oder ein Fundament, um den Ruhestand am Meer zu planen. Und all diese Neubauten hatten genügend Raum, um die Küche vom Wohn- und Schlafbereich zu trennen.

Schon lange bevor Eleonora die *osteria* an ihre Nichte übergeben hatte, waren die Umsätze rückläufig gewesen.

Jahr um Jahr hatte *Il Golfo* weniger Gäste. Irgendwann waren die Rücklagen von *Signora* Meloni fast aufgebraucht und ihr Stolz erlaubte es nicht, um einen Kredit zu bitten – weder bei den Banken noch bei Caponnettos Tante. Stattdessen verzichtete sie auf die jährliche Renovierung, auf das Streichen der Wände und auf die Reinigung der Fassade. So verlor *Il Golfo* von Saison zu Saison etwas vom Glanz der besten Jahre. Und *Il Golfo* verlor Gäste.

*

Bonfatti ging im Schlafanzug in die Küche und setzte die *Moka* auf. Während er auf seinen Espresso wartete, las er online *La Stampa*.

Nach einer schnellen Dusche saß er schon um acht Uhr wieder hinter dem Steuer seines Alfa Romeo in Richtung Savona.

In der *Questura* angekommen, überflog der *Commissario* zunächst den Obduktionsbericht und rief dann Cristina Donati an.

»*Ciao* Cristina, danke für den Bericht. Diese ›stumpfe Gewalteinwirkung‹ könnte von einem Hammer kommen, richtig?«, fragte Bonfatti.

»Ja sicher, ein Schlosserhammer oder etwas Ähnliches. Wenn es ein Hammer war, dann hat der Täter das flache, quadratische Schlagstück benutzt und nicht die Finne. Ansonsten gäbe es ein anderes Verletzungsmuster. Am Tatort haben wir im Übrigen keinen Hammer gefunden.«

Bonfatti fragte, obwohl er die Antwort bereits kannte: »Also, der Täter hat den Hammer oder was immer er benutzt hat, um Serra zu erschlagen, vermutlich wieder mitgenommen?«

»Ja, so sieht es aus«, bestätigte Cristina und fragte dann »und was sagt Dir das über den Täter?«

»Es scheint, er hat kontrolliert gehandelt. Er hatte sich überlegt, wie er vorgehen würde und hat sich an seinen Plan gehalten.«

Bonfatti hatte sich diese Gedanken schon am Vorabend auf der Rückfahrt von Genua gemacht. Im Auto hatte er vor sich hingemurmelt, was Alfonso, der Koch in der *trattoria* am Strand gesagt hatte: »... abgetrocknet und dann wieder in die Schublade.«

In der Hoffnung, einen Geistesblitz zu haben, hatte Bonfatti auf dem Rückweg von Genua nach Pietra Ligure einen Umweg gemacht. Er hatte die *Autostrada Dei Fiori* bei Savona verlassen und war über San Giuseppe gefahren. Fast eine Stunde lang hatte er in der Wohnung von Umberto Serra nach der Tatwaffe gesucht.

Der *Commissario* hatte in den Schränken im *salotto* und in der Küche gesucht. Unter dem Spülbecken hatte er einen Werkzeugkasten gefunden, der verschiedene Schraubenzieher und einige Schrauben enthielt, aber keinen Hammer.

Wenn seine Kollegen von der Spurensicherung etwas übersehen hatten, dann hatte auch er es übersehen. Das war alles in allem sehr unwahrscheinlich. So war Bonfatti zu dem Schluss gekommen, dass der Täter den Hammer mitgebracht und wieder mitgenommen haben musste.

Der *Commissario* ging daher davon aus, dass die Tötung

von Serra geplant war und der Täter nicht im Affekt gehandelt hatte. Der Gedanken daran erfüllte ihn mit Unbehagen.

»Wer macht so etwas? Und warum?« fragte er Cristina, ohne wirklich auf eine hilfreiche Antwort zu hoffen.

»Das herauszufinden ist zum Glück nicht meine, sondern Deine Aufgabe, Antò. Meinen Bericht hast Du ja«, erwiderte Cristina und wünschte ihm viel Erfolg bei den Ermittlungen.

*

Um Viertel vor zehn klopfte Polizeioberwachtmeisterin Francesca Nobile an die Bürotür des *Commissario*.

»*Avanti! Buon giorno, Ispettore Nobile.*«

Die junge Frau war Bonfatti bei einem anderen Fall als lernwillige und engagierte Polizistin aufgefallen. Damals hatte er sich vorgenommen, sie bei nächster Gelegenheit stärker in eine seiner Ermittlungen zu involvieren.

Nobile war aufmerksam, und doch frei von dem Übereifer, den manche Kollegen an den Tag legten – einem Übereifer, der schnell anstrengend werden konnte und im schlimmsten Fall eine Ermittlung nicht beschleunigte, sondern in die Irre leitete.

»Ich bin gespannt auf Ihren Bericht und auf Ihre Schlussfolgerungen. Lassen Sie nichts aus. Jedes Detail kann wichtig sein.«

Ispettore Nobile fasste kurz die wesentlichen Beobachtungen und Erkenntnisse zusammen und berichtete von ihren Nachforschungen über die anderen Bewohner des *palazzo* n° 13. Die übrigen drei Wohnungen waren im

Besitz Mailänder Familien, die schon lange nicht mehr in San Giuseppe gesehen worden waren.

Die Beamtin berichtete davon, wie die Spurensicherung erfolglos in der Wohnung, im Müllcontainer vor dem Haus und in den Oleanderbüschen entlang der angrenzenden Straße nach der Tatwaffe gesucht hatte. Nobile präsentierte auch das Ergebnis der Inventur, die sie mit Livia Auci gemacht hatte.

Ihr war klar, dass Bonfatti bereits wusste, dass nichts fehlte. Aber da er darauf bestanden hatte, dass kein Detail ausgelassen werden sollte, setzte sie ihren Bericht fort.

»Gemäß Aussage der Haushälterin haben keine Wertsachen gefehlt – bis auf die beiden Uhren, die *Signore* Serra ...«

Nobile machte eine kurze Pause

»zur Revision gegeben hatte.«

Dabei schaute sie Bonfatti an, weil sie sehen wollte, wie er reagierte. ›Ja genau, auch ich habe den Abholschein in der Küche gesehen‹, dachte sie.

Bonfatti freute sich über das Selbstbewusstsein der jungen Kollegin.

»Wissen sie, wann er die Uhren abgegeben hat?«

Nobile, die am Tatort bemerkt hatte, dass auf dem Abholschein kein Datum vermerkt war, hatte den Uhrmacher angerufen, um sich zu erkundigen.

»Montag. Der Uhrmacher sagte mir, dass *Signore* Serra die Uhren am vergangenen Montag abgegeben hatte. Er hätte sie eine Woche später, also am gestrigen Montag wieder abholen können. Beide zusammen waren etwa 15.000 Euro wert.«

»Und er brachte sie regelmäßig zur Revision?«, fragte Bonfatti.

»*Si, Signor Commissario*, laut Uhrmacher war die eine Uhr ein Geschenk, das sich Serra selbst zur silbernen Hochzeit gemacht hatte, die andere hatte er von seinem Arbeitgeber zum 20-jährigen Dienstjubiläum bekommen. Seither brachte er die Uhren etwa alle drei bis vier Jahre zur Revision.«

»Ausgezeichnete Arbeit, *Ispettore* Nobile, sonst noch etwas?«, bohrte Bonfatti nach. Sein Instinkt sagte ihm, dass Nobile noch ein Ass im Ärmel ihrer Uniformjacke hatte.

»Der Uhrmacher meinte, der alte Serra habe eine komische Bemerkung gemacht.«

Der *Commissario* macht mit dem Zeigefinger der rechten Hand eine kreisende Bewegung nach vorn, damit Nobile weiter sprach.

»Gib Dir bitte Mühe mit den Uhren …«, soll Serra gesagt haben, »… das ist wohl das letzte Mal, dass ich sie Dir bringe. Es gibt niemanden mehr, dem ich sie vererben könnte. Aber ein paar Jahre möchte ich selbst noch Freude daran haben.«

»Ja und?«, fragte Bonfatti und schaute Nobile erwartungsvoll an.

»Er sagte ›es gibt niemanden mehr‹«, wiederholte Nobile, »das klingt doch so, als ob entweder jemand gestorben ist …«

»… aber es ist niemand in seinem Umfeld gestorben, richtig?«, rief Bonfatti dazwischen.

Nobile ignorierte den Zwischenruf.

»… oder Serra jemanden aus seinem Testament

gestrichen hat, genauer gesagt die Absicht dazu hatte. Und wenn es eine Person gibt, die Serra enterben wollte ...«

»... dann hätte *diese* Person ein Motiv, dem alten Mann zuvorzukommen und ihn zu töten«, beendete Bonfatti den Satz und schnalzte mit der Zunge.

»Und ich weiß, wer diese Person sein könnte«, sagte *Ispettore* Nobile in ruhigem Ton.

*

Caponnetto hatte sich Zeit gelassen an diesem Morgen. Stefania und er waren die letzten Gäste in der *trattoria* gewesen und hätte sie der Koch nicht ohne viel Federlesens um ein Uhr vor die Tür gesetzt, hätten sie noch weiter geplaudert. In seiner Wohnung in Savona war er dann gegen Viertel vor zwei angekommen, aber viel zu aufgekratzt, als dass er auch nur an Schlaf hätte denken können.

Es waren rund 18 Monate vergangen, seit er und Stefania sich das letzte Mal gesehen, sich das letzte Mal berührt hatten. Die Stunden am Strand waren schnell vergangen und Caponnetto hatte sich sehr wohl gefühlt in ihrer Nähe. Nun spürte er in sich hinein, ob er Stefania vermisste.

Diesen bitter-süßen Cocktail hatte er sich selbst gemixt. Lange hatte er überlegt, ob er Stefania zu seiner Verabschiedung einladen sollte. Es gab nur zwei Möglichkeiten. Entweder sie würde absagen, was ihn sicher treffen würde, oder sie würde kommen, dann würden alte Wunden wieder aufgerissen. Das war ihm klar gewesen. Andererseits war auch gewiss, dass eine Gelegenheit wie diese für eine Einladung so schnell nicht wiederkommen würde. Also hatte Caponnetto abgewogen – Freude und

Schmerz über ein Wiedersehen oder die Gelegenheit verstreichen lassen. Und ja, natürlich hatte er auch daran gedacht, dass auf dieses Treffen weitere folgen könnten. Er wusste nicht, ob Stefania einen Partner hatte und hatte es vermieden, danach zu fragen. Sie hatte ihrerseits niemanden erwähnt, da hatte Caponnetto ganz aufmerksam hingehört. Es wäre ihm keine Andeutung entgangen.

Bei der Verabschiedung hatte er Stefania eingeladen, ihn an einem der nächsten Wochenenden zu besuchen, und ihr erzählt, was er mit dem Haus von Tante Antonella plante. Er würde das Haus in Pietra Ligure so umbauen, dass mehrere kleinere *appartamenti* entstehen. Eines würde er für sich behalten. Die anderen zwei würde er, wenn es ihm gefällt, wochen- oder tageweise an Touristen vermieten, um die Ausgaben für den Umbau wieder reinzuholen. Später würde er die *appartamenti* auch Freunden, die im Süden oder Norden lebten, als Gästezimmer anbieten. Die Küche könnte nach dem Umbau von allen gemeinsam genutzt werden.

Caponnetto war begeistert von seiner Idee. Sie erlaubte ihm das Haus der Tante zu behalten, denn die Vermietungen würden die jährlich anfallende Steuer decken. Obendrein hatte er damit in Pietra Ligure eine Option, sich für ein paar Stunden zurückzuziehen. Nur für den Fall, dass er öfter in der *osteria* zu tun haben würde. Auf keinen Fall wollte er sein schönes Apartment in Savona aufgeben.

Vor Jahren, als der neue Hafen für Kreuzfahrtschiffe in Savona gebaut worden war, hatte Caponnetto ein Apartment an der *Piazza Guido Rossa* gekauft. Fünfter Stock, ganz am Eck des bogenförmigen Gebäudes. Dort hatte er auf der Nordseite freien Blick auf den Yachthafen und *La Torreta*, den mittelalterlichen Turm, der einst Teil der Stadtmauer von Savona war. Auf der Südseite schaute er auf das weite Meer. Dieses Apartment war trotz oder gerade wegen dieses exklusiven Zuschnitts nicht sehr groß, aber doch groß genug für ihn allein und wunderschön gelegen, nahe am Zentrum und zugleich etwas der Welt entrückt. Von dort aus konnte Caponnetto früher an der Uferstraße entlang gemütlich in einer knappen Stunde bis Albisola und zurück joggen. Seit dem Unfall ging das nicht mehr. Zwar konnte er auch mit dem künstlichen Kniegelenk schnell laufen, wenn es sein musste, aber langanhaltende, stoßartige Belastungen wollte er vermeiden.

An diesem Vormittag entschied Caponnetto würde er seinen Cappuccino an der Bar beim Yachthafen einnehmen.

Früher hatte er das nur an dienstfreien Tagen getan. ›Ist schon komisch‹, dachte er, ›jetzt ist jeder Tag dienstfrei‹.

Der Gedanke irritierte ihn.

Früher war er an den »normalen Tagen« in eine Bar in der Nähe des *Mercato Civico* gegangen, der auf dem Weg zu seiner Dienststelle in der *Via Mentana* lag. Dort hatte er dann Gemüse und Obst gekauft; manchmal ging er aber auch nur durch die Markthalle, vorbei an den Ständen, wo sich je nach Jahreszeit Aprikosen, Pfirsiche, Zitronen, Orangen, Zucchini, Brokkoli, Auberginen und Tomaten türmten – Ochsenherzen, Romatomaten, Kirschtomaten.

Die Stadt hatte das Gebäude 2016 weiß angestrichen und auch innen renoviert. Seither wirkte es von außen wie ein Krankenhaus und versprühte innen den spröden Charme einer Fabrikhalle.

Caponnetto kümmerte das nicht. Er ging gerne auf dem *Mercato Civico*, freute sich über die Farben und Düfte und fühlte sich dann auf besondere Art mit der Natur verbunden, auch wenn er nicht auf einem Bauernhof oder einem Hügel stand, sondern in einer Markthalle am belebten *Corso Giuseppe Mazzini*.

*

Das Telefon auf Bonfattis Schreibtisch klingelte, und der Pförtner meldete dem *Commissario*, dass Livia Auci ihn zu sprechen wünschte.

»*Va bene*, bitte bringen Sie die Dame in mein Büro«, erwiderte Bonfatti. Francesca Nobile drehte sich Richtung Tür.

»*Signor Commissario*, ich bin dann an meinem Platz, wenn Sie mich brauchen …«

»Wo gehen Sie hin, *Ispettore* Nobile? Bitte bleiben Sie hier. Vier Ohren hören immer mehr als zwei.«

Bonfatti machte mit der linken Hand eine Geste, mit der er Nobile einlud, sich auf den Stuhl neben seinem Schreibtisch zu setzen.

Als Livia Auci eintrat, kamen dem *Commissario* Zweifel, ob er die Haushälterin wiedererkannt hätte, wenn er ihr auf der Straße begegnet wäre.

Ihre ganze Erscheinung war verändert. Gestern hatte sie Jeans und T-Shirt getragen und ihre Haare zu einem Knoten gebunden, ihr Gesicht war blass gewesen und ihre Augen verweint.

Jetzt trug Livia Auci ihr Haar offen und war geschminkt.

Ihr Kleid war eigentlich ein Sommerkleid, aber sie hatte es passend zur Jahreszeit mit einer warmen Strumpfhose und einem Cardigan kombiniert.

Als sie eintrat, lächelte sie zunächst Francesca Nobile, dann Antonio Bonfatti an.

»*Buon giorno*«, sagte sie und dann zu Bonfatti gewandt, »*Signor Commissario*, es tut mir leid, dass ich gestern keine große Hilfe war.«

Bonfatti erwiderte die Begrüßung und bat sie, Platz zu nehmen.

»*Buon giorno*, *Signora* Auci. Sie waren sehr tapfer gestern. *Ispettore* Nobile hat mir bereits berichtet, dass keine Wertsachen gefehlt haben«, er wechselte einen kurzen Blick mit seiner Kollegin.

»Wissen Sie, *Signora* Auci, ob Umberto Serra ein Testament hatte?«

Francesca Nobile beobachtete genau Livia Aucis Reaktion auf die Frage des *Commissario*, bemerkte aber nichts Ungewöhnliches. Sie sah kein Zucken der Mundwinkel, kein Blinzeln, auch die Füße hatten sich nicht bewegt. Livia Auci antwortete mit fester Stimme.

»Nein *Signor Commissario*, soweit ich weiß, gab es noch kein Testament.«

»Sie sagten *noch* kein Testament, wollte *Signore* Serra denn ein Testament schreiben?«, fragte Bonfatti.

Livia Auci nickte und wiederholte dann, was sie bereits gestern beim Rundgang durch die Wohnung *Ispettore* Nobile erzählt hatte: Umberto Serra hatte einen Neffen. Er war der Sohn von Serras Bruder, der in den 1960er Jahren nach Deutschland ausgewandert war. Dieser Roberto war der einzige lebende Verwandte von *Signore* Serra. In den letzten Wochen habe der alte Mann bei den Spaziergängen immer öfter über Roberto gesprochen.

Einmal sei Livia Auci auch im Haus gewesen, als Umberto Serra mit seinem Neffen telefoniert habe. Es sei um Geld gegangen, das er Roberto geliehen hatte, um ein überfälliges Darlehen und um die Forderung nach mehr Geld.

»Es gehört ja eh irgendwann alles mir, also stell Dich nicht so an, *Zio* ...« habe Roberto am Telefon gesagt.

Auci habe Robertos Stimme deutlich hören können, denn Umberto Serra habe den Hörer damals absichtlich so gehalten, dass die Haushälterin mithören konnte.

Er habe gesagt »Noch weile ich unter den Lebenden und ich allein entscheide, was ich mit meinem Geld mache. Dein Vater würde sich schämen für Dich, Roberto« und dann sei der alte Serra ungewöhnlich laut geworden.

»In den vergangenen Jahren hatte ich viel Geduld mit Dir, aber damit ist jetzt Schluss. Du bist klug und hast Talent, aber zwei wichtige Dinge fehlen Dir. Du hast keine Ambitionen und keine Disziplin.«

Die Haushälterin sagte weiterhin aus, dass ihr der alte Serra auch nach Beendigung dieses Telefonats sehr aufgewühlt und mitgenommen erschienen war und sie ihm dann einen Tee aufgesetzt habe. Während er den Tee trank, habe er ihr von seinen Überlegungen erzählt, den Neffen zu enterben. Obwohl es nicht viel zu vererben gab, ging es für den alten Serra wohl eher um eine Frage des Prinzips.

In den Augen des Onkels hatte Roberto zu wenig aus sich gemacht. Sein Studium hatte er gerade so mit Ach und Krach abgeschlossen und keines der Ämter in den Großstädten, bei denen er sich für das praktische Jahr beworben hatte, habe ihn nehmen wollen. Schließlich hatte er einen Praktikumsplatz irgendwo in der Provinz bekommen, und sein 2. Staatsexamen absolviert.

Mit viel Glück hatte er dann einen Job bei einem internationalen Konzern bekommen. Beim Vorstellungsgespräch sei er unverhofft einem alten Schulfreund gegenübergesessen, der ihn nicht nur sofort eingestellt, sondern bei nächster Gelegenheit auch noch befördert hatte.

»Stell Dir vor, *Zio*. Ich bin jetzt Abteilungsleiter mit eigenem Büro, Dienstwagen und allem, was dazu gehört« habe er dem Onkel damals geschrieben. Der alte Serra habe die Haushälterin gebeten, ihm die Nachricht vorzulesen und ihr dann auch eine Antwort diktiert.

»Hättest Du Dich im Studium mehr angestrengt, wärst Du nicht auf solche Almosen angewiesen. Du hättest weiter studieren und Dich promovieren lassen können. Egal, wie viel Dir Dein alter Freund bezahlt, es wird immer zu wenig sein, solange Du nicht mit der Spielerei aufhörst.«

Livia Auci schien unangenehm berührt, diese privaten Dinge erzählen zu müssen, über den Familienstreit zu sprechen und über die Spielschulden des Neffen. Daher ergriff *Ispettore* Nobile das Wort.

»Danke *Signora* Auci, das sind wichtige Informationen, die uns helfen können, das Verbrechen an Umberto Serra aufzuklären.«

»Sie meinen, Roberto hat seinen Onkel getötet? Aber er lebt doch in München …«

Bonfatti sah hinüber zu Nobile. Ihn interessierte, wie die junge Beamtin auf diese für ihn unerwartete Wendung der Unterhaltung reagieren würde.

Viele Anfänger wären in die Offensive gegangen und

hätten der Haushälterin Vorwürfe gemacht, dass sie ein so wichtiges Detail nicht früher erwähnt hatte. Vielleicht hätten sie auch nach einer einfachen Erklärung gesucht. Der Neffe konnte jemanden mit dem Mord beauftragt haben. Nicht so *Ispettore* Nobile. Unerschrocken versuchte sie, diese Neuigkeit in die bisher gewonnenen Erkenntnisse einzuordnen.

»Das ist interessant, *Signora* Auci. Wissen sie, wann er seinen Onkel zum letzten Mal besucht hat? Und haben Sie eventuell eine Telefonnummer von Roberto?«, Nobile zögerte kurz:

»Von Roberto Serra meine ich – ich nehme an, er heißt auch Serra, richtig?«

»Ja genau. Roberto Serra. Ich habe keine Nummer, aber ich weiß, wo *Signore* Serra sie notiert hat. Wenn es so wichtig für Sie ist, kann ich in die Wohnung …«

»Vielen Dank, *Signora* Auci«, sagte Bonfatti und stellte dann die wichtige Frage erneut.

»Wissen Sie, wann Roberto seinen Onkel zuletzt besucht hat?«

Während er auf die Antwort der Haushälterin wartete, blickte er zu *Ispettore* Nobile, um zu sehen, ob sie ihren Fehler erkannt hatte.

›Niemals Doppelfragen stellen!‹, dachte Nobile. Sie ärgerte sich.

Bonfatti sah, wie sie die Lippen aufeinander presste und war sich sicher, dass sie sich in diesem Moment an den Leitsatz aus ihrem Kurs in Vernehmungspsychologie erinnerte.

Die richtige Fragetechnik war entscheidend für die Qualität einer Vernehmung oder Befragung. Doppelfragen verwirrten den Zeugen oder Beschuldigten. Zudem merkte der Ermittler vielleicht selbst zu spät, dass eine der beiden Fragen nicht beantwortet worden war.

Livia Auci beantwortete die Frage, die Bonfatti wiederholt hatte, aber dabei klang sie abwesend.

Sie überlegte noch immer, wo *Signore* Serra das Notizbuch mit den Telefonnummern und Adressen aufbewahrt hatte.

»*Signore* Serra hat nie einen Besuch erwähnt, immer nur Telefonate. Es kann also gut sein, dass ein Zusammentreffen der beiden mehr als drei Jahre zurückliegt. Aber sicher bin ich nicht.«

Bonfatti, der Lust auf einen *caffè lungo* verspürte, bedankte sich bei der Haushälterin.

»Sie haben uns sehr geholfen, *Signora* Auci. Dürfen wir uns noch mal bei Ihnen melden, wenn wir weitere Fragen haben?«

Er trat hinter seinem Schreibtisch hervor. Livia Auci stand ebenfalls auf und nickte *Ispettore* Nobile zu. Dann ging sie Richtung Bürotür, die Bonfatti bereits geöffnet hatte. Als Livia Auci außer Hörweite war, schaute Bonfatti auf seine Uhr.

»Halb elf, genau die richtige Zeit für einen *caffè*! Was ist mit Ihnen, *Ispettore* Nobile, möchten Sie auch einen?«

*

Um ihren *caffè* zu trinken, verließen Nobile und Bonfatti die *Questura* und spazierten zu einer Bar im nahegelegenen Einkaufszentrum *Il Gabbiano*.

Es war unerwartet kühl an diesem Vormittag in Savona

und die wenigen Blätter, die noch in den Platanen auf der anderen Straßenseite des *Corso Agostino Ricci* hingen, zitterten im Wind.

Bonfatti genügten die fünf Minuten, die sie für den Fußweg bis zur Bar brauchten, um die bisherigen Erkenntnisse und entwickelten Hypothesen zusammenzufassen.

Umberto Serra war in seiner Wohnung erschlagen worden und es handelte sich höchstwahrscheinlich nicht um einen Raubmord. Der Täter hatte versucht, diesen Eindruck zu erwecken. Jedoch schien diese falsche Fährte nicht mit der letzten und nötigen Sorgfalt gelegt worden zu sein. Vielleicht, weil sich der Täter in Sicherheit gewogen hatte.

Es war sehr wahrscheinlich, dass die Tat von einem Mann begangen worden war. Der Frauenanteil war bei schweren Gewaltdelikten statistisch eher gering: nur zehn bis 15 Prozent der Taten wurden von Frauen begangen. Dabei handelte es sich fast ausschließlich um Beziehungsdelikte. Der alte Herr Serra hatte allein gelebt und auch sonst wenig soziale Kontakte gepflegt. Ein Motiv für eine Beziehungstat war daher nicht zu sehen. Der *Commissario* konnte also mit großer Wahrscheinlichkeit davon ausgehen, dass der Täter ein Mann war.

Eine weitere interessante Beobachtung war, dass der Täter den Mord scheinbar akribisch geplant hatte, dann aber die Kontrolle verlor – zumindest für einen Moment. Warum sonst hätte er so oft auf den wehrlosen alten Mann eingeschlagen? Dies konnte auf ein persönliches Motiv hinweisen: Rache, Wut oder Ähnliches.

Als möglicher Täter kam der Neffe Roberto in Frage. Er hatte in Bonfattis Augen gleich in doppelter Hinsicht ein Motiv. Zum einen Habgier, denn noch war Roberto vermutlich Alleinerbe gewesen. Zum Zeitpunkt des Todes hatte der Onkel kein Testament hinterlegt, daher würde der Erbschaftsanspruch unangefochten bleiben. Bei einer schriftlich verfassten Enterbung wäre dem Neffen lediglich der Pflichtanteil zugestanden und selbst der nur nach Ermessen des Richters. Allerdings war dem *Commissario* nicht klar, ob Roberto davon gewusst haben konnte, dass sein Onkel ihn enterben wollte. Zum anderen konnten Wut und Enttäuschung ein Motiv für die Gewalttat gewesen sein. Roberto Serra hatte offenbar Spielschulden, befand sich finanziell in prekärer Lage und schien fest damit gerechnet zu haben, dass die Geldquelle des Onkels weiter sprudelte. Die deutlichen Worte des alten Serra am Telefon und seine Weigerung, ihm wieder mit einem Darlehen auszuhelfen, konnte den Neffen wütend gemacht haben und Anlass für die Tat gewesen sein.

Nobile hörte dem *Commissario* aufmerksam zu und als sie sicher war, dass er seine Zusammenfassung beendet hatte, ergänzte sie: »So weit, so gut, *Commissario*. Allerdings stützt sich die Hypothese des Motivs lediglich auf die Aussage der Haushälterin, wir haben keine zweite Quelle dafür. Und es gibt noch einen Haken: Der Neffe lebt in Deutschland.«

Bonfatti hob die linke Hand auf Schulterhöhe und streckte dabei den Zeigefinger, so als ob er damit das Gespräch anhalten wollte.

Er trat vier Schritte nach vorn an die Bar, bestellte zwei *caffè*, legte die zwei Euro zwanzig, die er bereits in der rechten Hand hatte, auf den Tresen und steckte den *scontrino* ein.

Dann drehte er sich um und, während er den linken Arm senkte, reichte er der jungen Kollegin ihren Espresso.

Nobile überlegte einen Moment, ob Bonfatti wusste, dass sie ihn ohne Zucker trank, oder ob es ihm einfach egal war. Wie dem auch sei, der Espresso war so genau richtig.

»Guter Einwand, *Ispettore* Nobile. Und auch die Annahme, dass Roberto in Deutschland lebt, gründet nur auf der Aussage der Haushälterin. Wer weiß, ob sie auf dem neusten Stand ist.«

Bonfatti erinnerte sich an Pietro Neri und dessen These von der Komplizenschaft der Haushälterin mit dem Mörder. Als der junge Kollege die Idee am Abend zuvor in die Runde geworfen hatte, war sie Bonfatti sehr abwegig vorgekommen, aber nun, da ihn Livia Auci mit ihrem veränderten Aussehen heute so überrascht hatte, dachte er ›Ausschließen sollte man erst mal gar nichts‹.

»Wir sollten die Polizei in Deutschland um Amtshilfe bitten, *Commissario*«, warf Nobile ein, »ohnehin muss jemand den Neffen informieren – oder ist das schon geschehen?«

Bonfatti schüttelte den Kopf, trank seinen Espresso und bedeutete Francesca Nobile mit einem Kopfnicken, dass es Zeit war aufzubrechen.

Schweigend gingen sie Richtung Präsidium und Nobile fragte sich, ob sie etwas Falsches gesagt haben könnte. Aber Bonfatti war nur in Gedanken und spielte einige Optionen durch, wie sie weiter verfahren könnten.

Als sie vor dem Eingang der *Questura* angekommen waren, sagte er: »Ich bin gespannt, wie Roberto auf die Nachricht vom Tod seines Onkels reagiert.«

»Sie möchten ihn anrufen, *Commissario*?«

»Nein, auf keinen Fall. Das würde ihn alarmieren, falls er tatsächlich der Täter ist. Wir schicken jemanden bei ihm vorbei. Und zwar jemanden, der uns seine Augen, Ohren und seinen Verstand leihen wird.«

III

In der Bar am Yachthafen hatte Caponnetto gerade in sein *cornetto* gebissen, als sein Telefon klingelte.

»Also wenn Du einen Tisch in der *osteria* reservieren möchtest, ist das die falsche Nummer, mein Lieber«, sagte Caponnetto und lachte.

»Na, dann hoffe ich, dass Du mir zumindest sagen kannst, was heute auf der Tageskarte steht«, erwiderte Bonfatti und lachte ebenfalls. Dann kam er zum eigentlichen Grund seines Anrufes.

»*Ciao* Peppino, *tutto bene*? Kannst Du mir bitte die Nummer von Hering geben?

»*Certo*, schicke ich Dir gleich. Allerdings ist er gerade sehr eingespannt«, sagte Caponnetto.

»Ist schon klar. Ich möchte von ihm nur eine Empfehlung, an wen im Polizeipräsidium München ich mich wenden kann. Ich brauche jemanden dort, auf den ich mich verlassen kann. Na ja, und am besten sollte die Person Englisch oder Italienisch sprechen.«

Das hatte genügt, um Caponnettos Neugierde zu wecken.

»Oha. Klingt, als ob Du eine Spur hast?! Dann nehme ich die Tischreservierung doch entgegen. Passt Dir heute Abend 20 Uhr?«, schlug er vor.

Bonfatti bestätigte mit einem knappen »*perfetto, a dopo*« und legte auf.

›Dieser *Commissario* ist wohl auch sehr eingespannt‹ dachte Caponnetto, legte das *cellulare* auf den Tisch und griff wieder nach seinem *cornetto*.

Giuseppe Caponnetto war nicht in Eile. Er war auf der Suche. Er suchte nach Struktur, nach Routinen, nach Aufgaben.

Bevor er das Telefon wieder in die Hose steckte, schaute er in der Anrufliste nach der Nummer, die er vorgestern gegen Mittag gewählt hatte.

›Wird Zeit, dass ich sie als Kontakt speichere, schließlich sind wir jetzt ja – ja was eigentlich?‹ überlegte er.

Diese Frage hatte Caponnetto in der einen oder anderen Form schon seit Wochen beschäftigt. In der Welt, aus der er kam, in der Welt, die sein Leben die letzten 19 Jahre bestimmt hatte, waren Rollen immer klar und es war leicht gewesen, sich zu orientieren: Dienstgrad, Abteilung, *Polizia* oder *Carabinieri*, Ermittler oder Richter, Gut oder Böse.

Natürlich gab es gelegentlich Diskussionen darüber, bei wem die Zuständigkeiten für eine bestimmte Ermittlung lagen – besonders dann, wenn es sich um prestigeträchtige Fälle handelte. Aber wenn keine Einigung in Sicht war, gab es eine klare Struktur, die vorgab, wer autorisiert war, in solchen Fällen zu entscheiden.

Die Situation jetzt war ganz anders. Die Konstellation mit Giulia Lenti war neu für ihn. Sie war Pächterin des Restaurants und nach dem Tod seiner Tante war er der Verpächter. Damit waren sie formal Geschäftspartner, aber hatte er auch eine Funktion im Restaurant?

Er hatte diese Frage mit verschiedenen Personen diskutiert und zu seinem großen Leidwesen sehr unterschiedliche Antworten bekommen. Einige hatten ihn mit Gegenfragen zusätzlich verwirrt.

»Warum ist Dir das so wichtig?«

»Möchtest Du denn mehr sein als der Verpächter?«

»Welche Funktion hättest Du denn gerne?

»Was, glaubst Du, erwartet Giulia von Dir?«

Caponnetto wischte mit der rechten Hand durch die Luft, als ob er damit seine Gedanken wie eine lästige Fliege vertreiben konnte. Dann entsperrte er sein Telefon und begann zu tippen.

*

Manfred Hering hatte sich vage an Antonio Bonfatti erinnert, und eine SMS von Caponnetto hatte ihn auf den Anruf vorbereitet. Für Bonfatti war daher das kurze Telefonat mit seinem deutschen Kollegen erfolgreich gewesen.

Der *Commissario* schaute zufrieden auf den Zettel, auf dem er die Namen zweier Polizisten aus München notiert hatte. Natürlich musste er dennoch den Dienstweg einhalten, aber so konnte er wenigstens sichergehen, dass seine Anfrage zügig bearbeitet würde. Sein Gesuch um Amtshilfe hatte er umgehend eingereicht. Jetzt musste er nur noch den Anruf aus München abwarten. Dann würde er dem deutschen Polizisten einen kurzen Überblick über die Situation geben und ihn bitten, in Begleitung eines Kollegen zur Wohnung von Roberto Serra zu fahren, um ihm die Nachricht vom Tod des Onkels zu überbringen.

Sie sollten dabei genauestens auf die Reaktion des Neffen achten und nach einigen Minuten – unter einem Vorwand – nochmal an der Wohnungstür klingeln. Wenn

Roberto mit der Tat in Verbindung stand, würde der erste Besuch der Polizei nicht überraschend kommen, aber er würde sich Mühe geben, überrascht und betroffen zu wirken. Auf dieses Theaterspiel würde er sich vorbereitet haben. Ein zweiter Besuch der Polizei, nur wenige Minuten später, könnte ihn wirklich überraschen. Er würde dann vielleicht verunsichert sein und etwas Dummes machen. Darauf jedenfalls hoffte Bonfatti und daher würde er den Polizisten später beim Telefonat besonders ans Herz legen, darauf zu achten, ob Roberto bei dem zweiten Besuch »aus der Rolle fiele«.

Dem *Commissario* wäre es am liebsten gewesen, die Münchner Kollegen würden noch eine Stunde vor dem Haus warten, und schauen, ob etwas Verdächtiges passiert.

›Ist vielleicht doch etwas viel verlangt‹, dachte Bonfatti und verließ sein Büro, um *Ispettore* Nobile mit der Überprüfung von Livia Auci zu beauftragen.

*

Für Giulia Lenti hatte der Tag begonnen, wie die meisten, seit sie aus London nach Italien zurückgekehrt war und die *osteria* von ihrer Tante übernommen hatte.

Sie war sehr früh aufgestanden, zum Markt nach Savona gefahren, um einzukaufen und hatte dann in der Küche mit den Vorbereitungen für den Tag begonnen.

Das *Mis en Place* war für sie mehr als professionelle Routine. Die benötigten Zutaten, Gewürze und Arbeitsutensilien in der für sie optimalen Anordnung bereitzustellen hatte für Giulia etwas Meditatives. Sie nahm mit allen Sinnen auf, was durch ihre Hände ging:

Sie roch den Basilikum, fühlte, wie fest die Kartoffeln waren, sah die Textur des Fleisches und kostete die Pinienkerne.

Wenn Giulia am frühen Morgen durch die Markthalle lief, wanderte ihr Blick über die Gemüsestände, die Fisch- und Fleischtheke und dann war sie in Gedanken schon beim *Mis en Place*. Was sie ansprach, wurde zu einer Zutat. Und mehrere Zutaten verdichteten sich zu einer oder mehreren Rezeptideen.

Welches Gericht dann tatsächlich als Empfehlung auf die Tageskarte kam, entschied sie meistens im Auto, auf der Fahrt zurück nach Pietra Ligure. Heute war die Sache ohnehin klar gewesen, denn es war der 21. Februar.

Giulia hatte gerade einige Pinienkerne zum Rösten in eine Pfanne gegeben, als ihr *cellulare* brummte. Sie erkannte die Nummer, auch wenn sie keinen Namen dazu gespeichert hatte. Es war Giuseppe Caponnetto.

›Mal sehen, was es diesmal ist‹, dachte sie und nahm den Anruf an, wobei sie so tat, als wüsste sie nicht, wer dran war.

»*Osteria Il Golfo. Buon giorno!*«

»*Ciao* Giulia, ich bin es Caponnetto.«

›Noch so eine Eigenart‹, dachte sie ›Warum meldet er sich immer mit seinem Nachnamen, wenn wir uns eigentlich duzen?‹

»Wie geht‹s denn so? Ich würde heute Abend vorbeikommen und einen Freund mitbringen. Kannst Du uns bitte einen Tisch für 20 Uhr reservieren?«

Giulia dachte ›komm doch einfach her und schreib Dir Dein Reservierungskärtchen selbst‹, flötete aber stattdessen ins Telefon »Ach Du bist es, Giuseppe. Ja, natürlich, 20 Uhr zwei Personen – ist notiert«.

Caponnetto wollte sich bedanken und auflegen, fragte dann aber noch »Und, weißt Du schon, was heute auf die Tageskarte kommt?«

›*Oh Dio mio*‹, dachte Giulia› ›es ist fast elf Uhr durch. Natürlich weiß ich, was heute auf der Tageskarte steht. Ich betreibe ja keinen Nachtclub, sondern eine *osteria*‹, sagte dann aber nur, »Natürlich, heute ist ja schließlich der 21. Februar!«

»Ja, und was bedeutet das?«, fragte Caponnetto während er versuchte, sich zu erinnern.

Vor einigen Tagen hatte er einen Artikel in der Zeitung gelesen über diese Aktionstage, die seit einer Weile in Mode gekommen waren – Tag des Kirschkuchens, Eis zum Frühstück-Tag, Tag des Spinats – aber er konnte sich an keinen Aktionstag für den 21. Februar erinnern.

»Heute ist Namenstag der Heiligen Eleonora. Hast Du das nicht gewusst? Meine Tante liebt Pesto und daher gibt es heute *trenette col pesto*.« Dann legte sie auf.

Concetta, die Aushilfsköchin, hielt den Blick gesenkt und tat so, als ob sie nichts von dem Gespräch mitbekommen hatte. Sie zerteilte weiter das Kaninchen, das Giulia später *al cacciatore*, nach Jägerart, schmoren würde.

Giulia schaute zu ihr hinüber und stupste Concetta mit dem Ellenbogen an.

»Also sag es schon, bevor Du daran erstickst.«

»*Niente, niente* Giulia, *sono fatti tuoi.*«

»Ja genau. Es ist meine Angelegenheit, wie ich mit dem feinen Herrn Neffen spreche. Vielleicht kommt dieses Ohrfeigengesicht ja bald mal ins Grübeln.«

»Du könntest aber auch einfach mal mit ihm reden – so von feiner Frau Nichte zu feinem Herrn Neffen. Ich glaube, er könnte Dir helfen und würde es vielleicht sogar gerne machen.«

Das war der sprichwörtliche Tropfen zu viel. Das Letzte, was Giulia wollte, als sie zurück nach Italien gekommen war, war auf die Hilfe eines Mannes hoffen zu müssen. Und schon gar nicht eines Mannes, der ihrer Meinung nach vom Kochen gleich gar keine Ahnung hatte.

Wie ein verletztes Tier schnappte sie daher nach der Hand, die eigentlich nur helfen wollte und blaffte Concetta an.

»Gerade Du musst mir die Männer erklären. Wer von uns ist denn zweimal geschieden?«

Concetta presste die Lippen aufeinander. Sie setzte das Messer am rosafarbenen Hals des Kaninchens an und trennte den Kopf ab.

*

Caponnetto war ein lebensfroher Mann, der nicht zum Grübeln neigte. Für gewöhnlich war er auch nicht leicht aus der Ruhe zu bringen, doch das Telefonat mit Giulia hatte ihn irritiert. Er erkannte sich selbst nicht wieder: so verwirrt, so aufgekratzt. Zur Beruhigung fiel ihm nichts Besseres ein, als diejenige Person anzurufen, die ihn am besten kannte.

Bonfatti hatte schlechte Laune und war kurz angebunden. Das hatte Caponnetto gleich an der Stimme gehört und der *Commissario* wollte auch nicht auf das Lamento seines Freundes eingehen.

»*Ciao* Peppino, ist gerade etwas hektisch hier. Lass uns heute Abend reden, *va bene*? Und falls Du Giulia vorher sprichst oder gar zu treffen gedenkst, tue einfach so als wärst Du im Einsatz.«

Das war er gewesen.

Manchmal genügte *ein* Satz, wenn er traf. Und was Bonfatti gesagt hatte, war so ein Satz, der ins Schwarze getroffen hatte.

Nach dem Telefonat mit seinem Freund war Caponnetto in die Küche gelaufen, um ein Glas Wasser zu trinken.

Er spürte den festen Boden der Erfahrung und Kompetenz seiner alten Profession unter den Füßen. Er würde die Situation umdeuten, ihr einen Rahmen geben. All die Unsicherheit über seine künftige Rolle im Restaurant, das richtige Verhalten gegenüber Giulia, den angemessenen Umgang mit ihrer Hartherzigkeit würden ausgeklammert. Er würde sich so verhalten, als wäre er im Einsatz und alles, was er über Jahrzehnte gelernt und praktiziert hatte, anwenden: Fallanalyse, Gesprächs- und Verhandlungsführung, und, und, und.

In seiner Zeit bei der *ROS* war es ihm gelungen, einige wirklich harte Nüsse zu knacken. Er hatte Angehörige der ›Ndrangheta »umgedreht«, sie zu *pentiti* gemacht, zu Kronzeugen, die für den Staat gegen ihre Familien aussagten. Er hatte brutale Mörder verhört, bei denen es ihn jedes Mal geekelt hatte, wenn er mit ihnen in einem Raum sitzen musste. Da sollte es doch ein Leichtes sein, sich auf diese schöne, wenn auch bockige Frau einzustellen und sich mit ihr zu verständigen.

Er beschloss, den »Fall« Giulia Lenti so anzugehen, wie

er jeden Fall in der Vergangenheit angegangen war: ein Ziel für die Operation festlegen, Informationen sammeln, sich ein Bild machen und daraus Schlussfolgerungen ziehen.

Caponnetto lief zurück in den *salotto* und nahm aus der untersten Schublade des Regals drei große Blatt Papier, legte sie übereinander und faltete sie längs in der Mitte.

Die »Akte« für den Fall Giulia Lenti war angelegt. Auf das Deckblatt schrieb er mit kindlicher Freude in Druckbuchstaben »OPERATION GOLFO«.

Er blätterte um und machte einen Eintrag auf der ersten Seite: »Ziel der Operation ist es, die *Osteria Il Golfo* zu infiltrieren, das Vertrauen der Pächterin zu gewinnen und sich einen Überblick über die wirtschaftliche Situation der *osteria* zu verschaffen, die Zuverlässigkeit des Personals zu überprüfen und ein Verzeichnis der Stammgäste anzulegen.«

Das sollte für den Anfang genügen. Ein Lächeln flog über Caponnettos Gesicht.

›Wenn das jemand findet, halten die mich für verrückt, aber was soll's?! Mir geht's damit schon viel besser.‹

*

Francesca Nobile lief schnell hinüber zum Büro des *Commissario,* um ihm mitzuteilen, was sie herausgefunden hatte.

Vor der Tür blieb sie kurz stehen, strich sich die Haare aus dem Gesicht. Dann klopfte sie zweimal.

»*Avanti!*«

Die Stimme von Bonfatti klang aufgeregt und als Nobile

eintrat, bemerkte sie, wie ruhelos seine Augen durch das Zimmer wanderten.

Nobile entschied, dass sie erst mal dem *Commissario* Gelegenheit geben sollte, sich Luft zu machen. Die Information über Livia Auci, die sie zu teilen hatte, war bemerkenswert, aber das würde sie auch noch in fünf Minuten sein.

Die Stimme von Bonfatti wurde lauter, als er berichtete, was ihm die Münchner Polizei soeben mitgeteilt hatte. Wie abgesprochen waren die Polizisten zur Wohnung im Westend gefahren, aber sie hatten Roberto dort nicht angetroffen.

Ein Mann namens Holger, der offenbar dort zur Untermiete wohnte, hatte ihnen erklärt, dass Roberto auf Reisen sei, aber wo, das wisse er nicht. Soweit Holger verstanden hatte, wollte Roberto zusammen mit einigen Freunden seinen Geburtstag feiern und war schon vor vier oder fünf Tagen abgereist. Die Polizisten hatten Holger dann gebeten, Roberto anzurufen, aber der hatte den Anruf nicht angenommen. Der Untermieter hatte daraufhin eine Sprachnachricht hinterlassen, mit der Bitte um Rückruf und auch noch eine SMS hinterhergeschickt.

»Hi Roberto, wann bist Du wieder in MUC?«

Die bayerischen Kollegen hatten klugerweise den Tod des Onkels nicht erwähnt und die Nummer ihrer Dienststelle hinterlassen, damit Holger sie an Roberto weitergeben konnte, sobald dieser sich melden würde.

Bonfatti zog langsam Luft durch die Nase ein und atmete durch den Mund aus.

»Das reicht nicht für eine internationale Fahndung, oder?«, fragte Nobile in diese Sprechpause hinein.

»*Magari*«, sagte Bonfatti trocken, »auf welcher Grundlage? Wenn sich herausstellt, dass er mit seinen Freunden nach London geflogen ist oder seinen Geburtstag auf einer Hütte in den Alpen feiert, stehen wir da wie Idioten!«

›Und, falls er gerade dabei ist, sich abzusetzen, ebenso‹, dachte Nobile, sagte aber nur »*Giusto Commissario*, Sie haben sicher recht. Es ist nur, ich habe etwas über Livia Auci herausgefunden. Vielleicht stecken sie ja doch unter einer Decke – sie und der Neffe.«

*

Die Glocken der nahegelegenen Kirche kündigten Mittag an, als Roberto Serra seine Reisetasche auf den Rücksitz des A1 wuchtete. Der kleine Kofferraum war schon vollgepackt.

Roberto und seine Freunde hatten am Tag nach ihrer Ankunft in Italien gleich für mehrere Tage eingekauft, aber dann ab dem zweiten Tag keine Gelegenheit mehr gehabt, *provolone, scamorza, caciocavallo, mortadella* und *salumi* zu genießen.

Käse und Wurst lagen zusammen mit der *salsiccia*, die für den Grillabend am letzten Tag vorgesehen gewesen war, in einer Kühlbox im Kofferraum. Daneben zwei Kisten mit Rotwein, Weißwein, *Aperol* und *Prosecco*.

»Lasst uns die Sachen aufteilen. Die sind ja alle noch gut. Schaut her: alles originalverpackt«, hatte Roberto seinen Freunden vorgeschlagen, aber die hatten nur abgewunken.

»Danke, Roberto. Aber an diesen Urlaub möchte ich lieber keine Andenken.«

Peter hatte dabei gelacht, aber die Enttäuschung über die versauten Ferien war ihm deutlich anzumerken. Seine Wangen waren blass und wirkten etwas eingefallen. Er hatte in den vergangenen Tagen gut und gerne fünf Kilo verloren.

Den Wasserverlust hatte er schnell wieder ausgeglichen, als die Kohletabletten zu wirken begonnen hatten, aber er fühlte sich noch immer etwas schwach. Für die Rückfahrt nach Stuttgart hatte er zwei längere Pausen eingeplant, vielleicht würde er auch ein kurzes Nickerchen machen.

»*Ciao* Peter, komm gut nach Hause!«, sagte Roberto und deutete eine Umarmung an. »Tut mir wirklich leid. Ich hatte mir meine Geburtstagsfeier hier auch anders vorgestellt.«

»Tschüss Roberto. Ich melde mich.«

Die beiden stiegen in ihre Autos und fuhren als letzte vom Hof des kleinen Anwesens. Die vier anderen Gäste, zwei Studienfreunde von Roberto mit ihren Freundinnen, waren schon vor vier Stunden Richtung Deutschland aufgebrochen.

*

Caponnettos Laune hatte sich von gut zu fabelhaft gesteigert und er beschloss, die »Operation Golfo« sofort zu starten.

›*Trenette col pesto* also‹, überlegte er, ›Giulia hatte deutlich betont, dass es die Nudeln mit Pesto zu Ehren der Tante auf der Tageskarte waren. Also konnte nur das traditionelle Rezept in Frage kommen.‹

Um sich über die ligurische Spezialität zu informieren,

griff Caponnetto daher zum »*Il cucchiaio d‹argento*«, dem Klassiker unter den italienischen Kochbüchern.

Das im »Silberlöffel« beschriebene Rezept war überraschend einfach und doch raffiniert. Neben dem Offensichtlichen, also Basilikum und Pinienkernen, waren einige sehr spezielle regionale Zutaten wichtig.

Dazu gehörte eine sehr geschmacksintensive und würzige Sorte Knoblauch, die im Hinterland von Albenga gelegenen Arrosciatal wuchs und ihren Namen dem Dorf Vessalico verdankte.

Eine zweite wichtige regionale Zutat war Öl aus Taggiasca Oliven. Aus Frankreich eingewanderte Benediktinermönche hatten diese Olivensorte bereits vor 1000 Jahren in der Nähe der Gemeinde Taggia angebaut. Diese Olive war eher klein, mit dünner Haut und festem Fruchtfleisch, weil sie weniger Wasser speicherte als andere Sorten. Ihr Öl schmeckt zart fruchtig, mit Noten von Pinien oder Mandel.

Traditionell werden für den *pesto alla genovese* zunächst Knoblauch und Pinienkerne in einem Mörser aus Marmor pulverisiert. Dann werden die Blätter junger Basilikumpflanzen zusammen mit einer Prise Salz hinzugegeben und ebenfalls mit dem Mörser zerstoßen (*pestato*), wodurch der Pesto zu seinem Namen gekommen ist.

Laut Silberlöffel, so hatte Caponnetto gelesen, gehörten weiterhin Parmesan, der mindestens 24 Monate gereift sein sollte, sowie ein spezieller sardischer Schafskäse zu den sieben Grundzutaten.

Dieser Hartkäse, *Fiore Sardo* (sardische Blume) genannt, wird anders als sein weithin bekannter Verwandter, der *Pecorino Sardo* aus Rohmilch gewonnen. Seine intensive

Würze wird noch durch eine rauchige Note verstärkt und eben wegen dieses kräftigen Aromas war der *Fiore Sardo* eigentlich nicht Caponnettos Sache. Für den Pesto wurde der Schafskäse, ebenso wie der Parmesan gerieben und unter die Basilikumblätter gestreut, während diese zerstoßen wurden.

Das Öl aus den Taggiasca Oliven schließlich brachte dem Pesto die sämige Konsistenz und verstärkte den fruchtigen Geschmack der Basilikumblätter.

Caponnetto stellte das Kochbuch zurück ins Regal und freute sich darauf, sein neu erworbenes Wissen beim Mittagessen anzuwenden. Auf keinen Fall um Giulia, diese schnippische Ziege, zu beeindrucken, wie er sich selbst versicherte, sondern um das ›Milieu‹, in dem er nun operieren würde, besser zu verstehen. Und ja sicher, er freute sich auch darauf, das Essen bewusster zu genießen, und seine Sinne für die verschiedenen Aromen zu sensibilisieren.

Inzwischen war es kurz nach halb Eins. Wenn er gleich losfuhr, konnte er rechtzeitig in der *osteria* sein, bevor die Küche über Mittag Pause machte.

*

Vom Auto aus wählte Caponnetto die Nummer seines Freundes im Kommissariat. Als sich der *Commissario* meldete, sagt er »Antonio, Du bist ein Genie. Bis später, mein Lieber!« und legte wieder auf.

Bonfatti, der gerade nachfragen wollte, wie Caponnetto endlich zu dieser längst überfälligen Erkenntnis gekommen war, hörte nur noch das ›tut, tut‹ in der Leitung.

›So ein verrückter Vogel, benimmt sich wie ein Teenager‹, dachte er und nahm sich vor, Caponnetto beim Abendessen damit etwas aufzuziehen.

*

In Nobiles Stimme mischten sich Ärger und Aufregung. Sie spürte, wie ihr Mund trocken und ihre Handflächen schwitzig wurden.

Aus Sorge, Bonfatti könnte das sehen, legte sie die Hände eng an ihre Uniformhose, bis sie merkte, dass sie in dieser Haltung aussah wie beim Antreten auf dem Exerzierplatz. Also verschränkte sie die Arme vor der Brust.

Dann fiel ihr ein, dass so der Schweiß auf den Handflächen Spuren auf der Jacke hinterlassen könnte. Und ohnehin war das eine Pose, die sie nicht mochte, weil sie bei den meisten Frauen irgendwie unnatürlich oder verklemmt wirkte. Oder beides.

Bonfatti, der bemerkt hatte, wie Nobiles Sympathikus die Kontrolle über sie übernommen hatte, bat die Kollegin Platz zu nehmen. »Stört es Sie, wenn ich einen Moment das Fenster öffne?«

Die Luft war frisch und kühl. Nobile nahm einen tiefen Atemzug und berichtete dann, was sie bei der Überprüfung von Livia Auci herausgefunden hatte: beim Melderegister in Savona war keine Person mit diesem Namen eingetragen. In der ganzen Region Ligurien war niemand auf den Namen Livia Auci registriert.

Der Umstand, dass die Haushälterin einen falschen Namen angegeben hatte, machte die Frau einerseits verdächtig. Andererseits ergab es keinen Sinn, dass sie

Roberto belastet hatte, wenn sie mit ihm unter einer Decke steckte. In diesem Fall würde Roberto, wenn er überführt würde, vermutlich auch seinerseits Livia, oder wie immer ihr Name war, belasten. Es gab auch die Möglichkeit, dass der Neffe überhaupt nichts mit dem Mord zu tun hatte und Livia ihn nur beschuldigte, um von sich abzulenken.

Bonfatti hatte permanent aus dem Fenster geschaut, aber aufmerksam zugehört. Als Nobile ihren Bericht beendet hatte, drehte er sich mit dem Rücken zum geöffneten Fenster, die Handflächen locker auf dem Sims abgelegt.

»Und nun? Was machen wir nun, *Ispettore*?«

»Was meinen Sie, *Commissario*?«

»Den Neffen haben wir nicht angetroffen, wo wir ihn gesucht haben. Und die Haushälterin ist nicht die Person, für die wir sie halten. Wir liegen zwei zu null hinten. Also was machen wir, *Ispettore*?«

Die junge Polizistin wusste nicht, was sie sagen sollte und zuckte daher nur ratlos mit den Schultern.

»Es ist ganz einfach. Wir machen weiter unsere Arbeit – mit kühlem Kopf und möglichst klarem Verstand.«

Damit hatte Francesca Nobile nicht gerechnet. Sie schaute Bonfatti überrascht zu, wie er seine Handgelenke so drehte, dass seine Fingerspitzen nach hinten zeigten und er eine Art umgekehrte Liegestützposition am Fensterbrett eingenommen hatte.

›Er macht tatsächlich Krafttraining‹, dachte Nobile, während sie Bonfatti dabei zusah.

»Hören Sie, Nobile. Sie werden das noch öfter erleben in ihrer Karriere: Die Dinge laufen nicht, wie Sie es erwarten. Vielleicht sitzen Ihnen Vorgesetzte im Nacken, die Sie dazu drängen, schneller Ergebnisse zu liefern. Oder ein übereifriger Kollege legt sich vorschnell auf ein Täterprofil fest und drängt Sie, seiner These zu folgen.«

Bonfatti beendete seine Übung und setzte sich hinter seinen Schreibtisch.

»Machen Sie weiter Ihre Arbeit. Gestern hat die Haushälterin Sie an der Nase herumgeführt, aber das muss Ihnen ja nicht gefallen.«

*

Nobile wollte sich sofort auf den Weg machen zur Adresse, die ihr die Haushälterin am Vortag bei der Aufnahme der Personalien am Tatort genannt hatte. Dabei hoffte sie inständig, dass sie Livia Auci, oder wie immer die Frau hieß, dort antreffen würde.

Wenn nicht nur der Name falsch war, sondern auch die Adresse, hatte die Haushälterin vielleicht auch gelogen, was die Wertsachen im Haus anging. Dann war vielleicht auch die ganze Geschichte des Telefonats zwischen Umberto Serra und seinem Neffen frei erfunden, um eine falsche Fährte zu legen.

Der *Commissario* hatte vorgeschlagen, die Kollegen von der lokalen Polizeistation einzuschalten. Die sollten die Adresse überprüfen und, falls sie die Frau dort antreffen würden, die Haushälterin auf die *Questura* nach Savona bringen.

Nobile hatte der Frau geglaubt, hatte ihr vertraut. Sich geirrt zu haben, wäre mehr als nur eine menschliche Enttäuschung. War ihre Intuition so schwach? War sie so leicht in die Irre zu führen? Der Gedanke war für sie unerträglich. Wenn es so wäre, musste sie es mit eigenen Augen sehen. Nur dann würde sie es glauben können.

*

Concetta, die aus dem Küchenfenster schaute, während sie Karotten schälte, bemerkte Caponnetto zuerst und stupste Giulia an.

»Wollte der *Commissario* nicht heute Abend kommen? Da scheint jemand Sehnsucht zu haben«, dabei machte sie zunächst einen Kussmund und lachte dann.

»Was Du Sehnsucht nennst, heißt bei Männern Hunger. Wahrscheinlich hat das Ohrfeigengesicht einfach nichts im Kühlschrank. Und außerdem ist er kein *Commissario*.«

»Ah ja und sonst haben heute alle Restaurants in Savona geschlossen, so dass er nur hier in dieser wunderbaren *osteria* in Pietra etwas zu essen bekommen kann? Da hat er ja Glück, dass wir noch einen freien Tisch haben!«

Gleich nachdem Concetta den Satz ausgesprochen hatte, tat es ihr Leid. Sie sah, dass sie Giulia verletzt hatte und das war nicht ihre Absicht gewesen.

In der *osteria* war jetzt, zur besten Mittagszeit, nur ein Tisch belegt. Und das war der, an dem Caponnetto inzwischen Platz genommen hatte. Ansonsten war Eleonora, Giulias Tante, heute der einzige Gast gewesen. Sie war schon gegen *mezzogiorno* gekommen. Von ihrer Nichte hatte sie sich überreden lassen, mit einem Glas Prosecco auf den Namenstag anzustoßen und dann ihre Nudeln mit Pesto gegessen. Bald darauf war sie wieder nach Hause gegangen, um ihre Mittagsruhe zu halten.

»Tut mir leid, Giulia«, sagte Concetta.

»Du hast ja recht. Ich sollte froh sein um jeden zahlenden Gast und wenn das Ohrfeigengesicht heute Abend noch mal kommt, soll es mir gerade recht sein.«

»Ich habe noch immer nicht verstanden, warum Du ihn so nennst. Ich finde, er sieht doch sehr attraktiv aus. Und er hat schöne Hände«, entgegnete die Küchenhilfe und schaute Giulia fragend an.

Natürlich waren Giulia die Hände von Caponnetto auch aufgefallen. Sie waren feingliedrig, sehnig und stets gepflegt.

Frauen wie Giulia, die berufsbedingt ihre Hände oft im Wasser hatten und häufig in Kontakt mit Essig und der Säure von Zitrusfrüchten waren, fielen schöne gepflegte Hände sofort auf.

Kurz nach ihrer Ausbildung hatte sie in London in einem Restaurant gearbeitet, in dem der Besitzer statt ordentlicher Handschuhe nur billigstes Zeug gekauft hatte. Schon nach wenigen Wochen waren ihre Hände von der Staunässe aufgeraut, und bald bildeten sich zwischen den Fingern kleine juckende Bläschen. Erst da war Giulia aufgefallen, dass die anderen, die in der Küche arbeiteten, bessere Handschuhe trugen – flüssigkeitsdicht und von guter Qualität. Es dauerte Wochen, bis bei ihr das Handekzem abgeklungen war.

»Als ich ihn das erste Mal getroffen habe, zusammen mit Tante Eleonora und seiner Tante Antonella, da hat er mich so komisch angestarrt. Als ob ich von einem anderen Stern komme, nur weil die Tante gesagt hatte, dass ich einige Jahre im Ausland gelebt habe. Erst hat er den Mund kaum aufbekommen, dann bevor er gegangen ist, hat er gefragt, ob wir mal zusammen essen gehen wollen.

Nie wieder hat sich der feine Herr gemeldet. Erst nachdem die Tante gestorben war, hat ihn die *osteria* wieder interessiert.«

Concetta kicherte, »aha, daher weht der Wind«, sie äffte den Ton nach, in dem Giulia gesprochen hatte, »Der feine Herr hat sich nie wieder bei Giulia gemeldet, das geht natürlich gaaaaaar nicht. *Cara mia*, ich mag zwei Mal geschieden sein, aber vielleicht verstehe ich gerade deswegen die Männer besser als Du. Und jetzt solltest Du an seinen Tisch gehen und zu ihm so freundlich sein wie zu jedem anderen Gast.«

»Du Biest«, sagte Giulia und musste sich eingestehen, dass ihre Küchenhilfe nicht ganz Unrecht hatte. Caponnetto war ein attraktiver Mann und ja, sie hatte sich geärgert, dass er sich nicht mehr bei ihr gemeldet hatte. Nachtragend zu sein, war sicher eine ihrer Schwächen, mit denen sie sich das Leben schon öfter unnötig schwer gemacht hatte.

*

An der *Via Chiabrera* angelangt, sprang *Ispettore* Nobile aus dem Streifenwagen, kaum dass dieser zum Stillstand gekommen war.

Sie lief zum Hauseingang. Ihre Knie zitterten, während ihre Augen über das Klingelschild flogen. Den Namen Livia Auci fand sie nicht, aber im dritten Stock stand immerhin »L.A.« auf einem nachlässig aufgeklebten kleinen Zettel.

Nobile atmete auf. Also hatte sie sich vielleicht doch nicht geirrt. Sie bedeutete ihrem Kollegen Gianni Sestri, im Wagen zu warten und ging, da die Haustür offen war, ohne zu klingeln gleich nach oben in den dritten Stock.

Während *Ispettore* Nobile die Holztreppe hochlief, klingelte rund 700 Kilometer entfernt im Münchner Polizeipräsidium das Telefon.

*

Vier Mal ließ Holger das Telefon läuten, dann legte er auf.

›Vermutlich beim Mittag‹, dachte er. Am liebsten hätte er den Polizisten gleich gesagt, dass ihn Roberto zurückgerufen hatte und vor wenigen Stunden aufgebrochen war, Richtung München. Morgen könnten die Polizisten dann vor Ort mit ihm sprechen und er, Holger, wäre aus der Angelegenheit raus.

Diese Sache mit der Polizei war ihm unangenehm, zumal ihm auch Roberto als Vermieter zutiefst unsympathisch war. Aber was nahm man nicht alles in Kauf für bezahlbaren Wohnraum in München!

Holger schrieb »Polizei anrufen!« auf einen Zettel und klemmte ihn unter die Tastatur seines Computers. Dann verließ er seine Wohnung, um sich beim Metzger eine Leberkässemmel zu holen.

*

Nobile klopfte an die Wohnungstür. Keine Reaktion. Sie klopfte noch einmal, rüttelte am Türknauf und rief »*Signora* Auci, hier ist die Polizei. Öffnen Sie die Tür!«

Keine Reaktion.

Sie hatte zwar keinen Durchsuchungsbeschluss, aber

Nobile fand, dass die falschen Angaben zur Person genug Anlass dazu gaben, anzunehmen, dass Gefahr im Verzug und ein Eindringen in die Wohnung zur Beweissicherung jetzt gerechtfertigt war.

Das Türschloss gab schon beim ersten kräftigen Tritt nach und Nobile lief schnell durch die kleine Wohnung, um sich einen Überblick zu verschaffen.

Auf dem Bett lagen einige Kleidungsstücke. Die Polizistin holte einen Stuhl aus der Küche, stellte ihn vor den Kleiderschrank und stieg hoch.

›Dachte ich es mir doch.‹

Deutlich war eine rechteckige Fläche zu erkennen, die sich vom Staub, der sonst auf dem Dach des Schrankes lag, abhob.

Als sie wieder vom Stuhl gestiegen war, nahm die Polizeioberwachtmeisterin ihr Telefon und rief Bonfatti an.

»*Commissario*, die Frau ist weg. Sie hat offenbar einen Koffer gepackt. Wir sollten sie zur Fahndung ausschreiben. Ich schaue mich hier noch etwas um.«

»Ja, ich kümmere mich darum«, antwortete Bonfatti knapp.

»Danke*, a dopo.*«

»Nobile, Sie wissen noch, was ich Ihnen gesagt habe? Jetzt ist nicht der Moment für Selbstzweifel. Denken Sie nach vorn und bleiben Sie fokussiert.«

In einer Schublade fand Nobile ein Foto, das jene Frau zeigte, die sie unter dem Namen Livia Auci kannte und die jetzt als Verdächtige im Mordfall Serra gesucht wurde. Neben ihr waren auf dem Foto noch zwei andere Frauen zu sehen. Beide etwa in gleichem Alter wie Livia. Im Hintergrund glaubte Nobile den Bahnhof von Savona zu erkennen.

›Vielleicht die Erinnerung an einen gemeinsamen Ausflug?!‹, überlegte Nobile während sie das Bild auf den Tisch legte. Dann machte sie mit ihrem *cellulare* ein Foto von dem Trio und lief anschließend hinüber ins Bad. Wie erwartet fehlte alles, was sie selbst auch mitgenommen hätte, wenn sie für eine Reise packte.

In der Küche fand sie einen Tischkalender mit dem Werbeaufdruck einer lokalen Bäckerei. »Adamo« stand auf jeder Seite unten links, eingerahmt von Weizen-ähren.

Für heute hatte der Kalender keinen Eintrag. Die letzten Tage hatten jeweils zwei oder drei Eintragungen. Es waren die Termine für Aucis Einsätze bei Serra und anderen Kunden. In Klammer waren jeweils Zahlen vermerkt, von denen Nobile annahm, dass sie die Anzahl der geleisteten Arbeitsstunden dokumentierten. Mal war es eine Zwei, bei anderen Einträgen stand eine Drei oder eine Vier.

Neben dem Kalender stand eine leere Kaffeedose.

›Da waren vermutlich ihre Ersparnisse drin. Sie ist also tatsächlich weg‹, dachte Nobile zerknirscht.

Sie öffnete das Küchenfenster und schaute nach unten auf die Straße.

Agente Sestri war inzwischen aus dem Fiat gestiegen, um eine Zigarette zu rauchen. Die Fahrertür hatte er offen-gelassen, damit er den Funk hören konnte.

Nobile hielt den rechten Arm aus dem Fenster, streckte den Zeigefinger nach oben und drehte die Hand dreimal im Kreis.

Es war Zeit zum Aufbruch.

Als er Nobile am Fenster sah, warf Gianni Sestri die Zigarette auf den Boden und trat sie aus.

*

Nachdem sie im Streifenwagen Platz genommen hatte, erklärte Nobile ihrem Kollegen die nächsten Schritte.

»Wir fahren zur lokalen Polizeistation nach Carcare, aber davor halten wir noch bei der Bäckerei. Die liegt hoffentlich auf dem Weg«.

Sestri, der den Wagen wieder auf die Straße steuerte, sagte mit einem Seufzer, »Da bin ich aber froh, dass Sie auch einen *spuntino* möchten. Ich nehme ein Stück *focaccia*, und Sie?«

Nobile hatte die Adresse der Bäckerei vom Tischkalender abfotografiert und schaute auf ihr *cellulare*. Sie tippte die Adresse in das Navigationssystem ein. Wenn man der Haushälterin den Kalender als Werbegeschenk gegeben hatte, war sie vermutlich häufiger dort gewesen und vielleicht wusste man in der Bäckerei etwas, das bei der Fahndung helfen konnte.

»Was haben Sie gesagt? Ich habe gerade nicht zugehört?« fragte Nobile.

»*Focaccia*. Ich hätte gerne ein Stück *focaccia*«, sagte Sestri.

›Und ich hätte gerne eine Ahnung, wo sich Livia Auci aufhält‹, diesmal behielt Nobile ihre Gedanken für sich.

*

83

Der Metzger brauchte nicht viele Argumente, um Holger zu überreden. »Mogst Du ned liaba zwoa Semmen? Heit scheint de Sonn so schee!«

Das gab es Ende Februar tatsächlich selten, dass es sonnig und warm genug war, die Mittagspause draußen zu verbringen. Heute aber war einer dieser Tage.

Holger lief mit seinen Leberkässemmeln zum Gollierplatz und setzte sich dort auf eine Bank.

Nachdem er auch die zweite Semmel gegessen hatte, griff er nach dem Telefon in der rechten Tasche seines Kapuzenpullovers und wählte aus der Anrufliste die Nummer, die er zuletzt angerufen hatte. Diesmal hatte er mehr Glück.

Schon nach dem zweiten Klingeln nahm jemand ab und Holger erkannte die Stimme eines der beiden Polizisten, die ihn am Vormittag in der Wohnung aufgesucht hatten.

Für manche Menschen war das ein Ding der Unmöglichkeit, aber Holger fiel es leicht, Stimmen wiederzuerkennen. Er konnte sich die Namen zu Gesichtern nicht so gut merken, aber eine Stimme, die er einmal gehört hatte, erkannte er immer wieder. Also erzählte er dem Polizisten, dass Roberto ihm zunächst auf die SMS geantwortet und kurz danach auch angerufen hatte.

»Er wollte wissen, was los ist und ich habe ihm gesagt, dass die Polizei ihn sucht wegen einer Zeugenaussage und daher wissen wollte, wo er sich aufhält und wann er wieder in München sein wird.«

Der Polizeiobermeister notierte diese Information und auch, dass Roberto nach eigener Aussage in Italien war, und zwar in Ligurien. Holger hatte die Adresse, die ihm Roberto per SMS geschickt hatte, weitergegeben.

Allerdings hatte er leider vergessen, dem Polizisten noch zu sagen, dass Roberto schon dabei war, aufzubrechen.

*

Caponnetto hatte wieder den hellgrauen Anzug angezogen, den er so sehr mochte. Er hatte sich den Anzug selbst zum Abschluss der Reha geschenkt. Gleich am ersten Tag, nachdem er nach Savona zurückgekehrt war, hatte ihn Bonfatti zu *Sanpier* in den *Corso Italia* gefahren. Das Bekleidungsgeschäft war seit den 1960er Jahren eine Institution in Savona. Caponnetto hatte sich nicht getraut, selbst zu fahren, denn er hatte damals zum Gehen noch eine Unterarmstütze benutzt.

Die Monate seither waren schnell vergangen und hatten doch Spuren hinterlassen. Caponnetto hatte schon beim Anziehen der Uniform für die Verabschiedung bemerkt, dass die Hose spannte. Bestimmt hatte er drei oder vier Kilo zugenommen.

Nach der Rückkehr aus der Rehaklinik hatte er nur noch im Innendienst gearbeitet, Joggen war keine Option gewesen und auch am Kampfsporttraining hatte er nicht mehr teilgenommen.

›Wahnsinn. Wie sich mein Leben in nur sechs Monaten vollkommen verändert hat‹, dachte Caponnetto, während er den Wagen parkte.

Als er um die Ecke bog und auf die Terrasse trat, stellte er erstaunt fest, dass dort alle Tische frei waren.

›Vermutlich sind die Stammgäste schon gegangen‹, dachte er, ›heute ist ja für die meisten ein normaler Arbeitstag, oder sie sitzen drin‹.

Für einen Mittag im Februar war es außergewöhnlich sonnig und wolkenlos, selbst für die sonnenverwöhnte ligurische Küste. Allerdings wehte zwischendurch auch ein kräftiger Wind. Caponnetto entschied trotzdem, auf der Terrasse sitzenzubleiben.

Er sah Giulia auf ihn zukommen. Ihre langen Haare waren zu einem Zopf gebunden. Sie lief mit eleganten und doch festen Schritten auf ihn zu. Dann stand sie vor ihm.

Caponnetto betrachtete ihre hohe Stirn, die hohen Wangen, sah in ihre grünen Augen.

Ihm fiel auf, wie sorgfältig sie sich geschminkt hatte. Der Lidschatten war flaschengrün und so aufgetragen, dass die Farbe nach außen hin dunkler wurde, was zusammen mit dem schwarzen Kajal und der schwarzen Wimperntusche das Grün ihrer Augen noch mehr zum Leuchten brachte.

»*Ciao* Giuseppe, schön, Dich zu sehen. Die Reservierung für heute Abend bleibt?«

»*Ciao* Giulia, ja genau. Dann komme ich in Begleitung. Ich war eben in der Nähe und dachte, ich esse hier schnell eine Kleinigkeit. Ist die Küche noch besetzt?«

Giulia, die noch nicht bereit war über ihren Schatten zu springen, konnte sich eine kleine Gehässigkeit nicht verkneifen.

»Oh, leider nein, Giuseppe, *mi dispiace*. Concetta hatte schreckliche Zahnschmerzen und ist früher gegangen. Deswegen ist auch alles leer hier. Ich kann Dir aber gerne einen Salat machen.«

»Salat klingt toll. Danke!«, sagte Caponnetto und weil er dabei an seine Hose dachte, war er tatsächlich froh, dass ihm die Entscheidung, was er essen sollte, abgenommen worden war.

»Wie wäre es mit einem *Caesar Salad,* oder lieber einen gemischten Salat klassisch mit Essig und Öl?«

Caponnetto musste nicht lange überlegen und wählte den *Caesar Salad.*

»Also, einmal Salat nach Art des Imperatoren?«, fragte Giulia.

Caponnetto dachte ›hält sie mich wirklich für so dämlich?‹ aber er ließ sich nichts anmerken.

Da ihm keine gute Antwort einfiel, entschied er gar nicht auf die Frage einzugehen, stattdessen fragte er Giulia, »und wie geht es Deiner lieben Tante Eleonora heute an ihrem Namenstag?«

*

Als Giulia zurücklief in die Küche, griff Caponnetto in den Korb, der vor ihm stand, hielt dann aber inne und legte die Scheibe Weißbrot neben seinen Teller.

›Noch ein Punkt für meine Liste‹ dachte er und schaute dabei nach unten Richtung Bauchnabel.

›Es wird Zeit, dass ich mich wieder mehr bewege‹.

Der Arzt hatte ihm eine Reihe von Sportarten genannt, die auch mit der Knieprothese möglich wären. Spontan hatte ihn nichts auf der Liste angesprochen.

Krafttraining fand er langweilig, daran hatte auch die intensive Praxis während der Reha nichts geändert. Fahrradfahren hatte er als die beste Option gesehen. Er war vor einigen Wochen in verschiedene Fahrradgeschäfte gegangen und hatte auch im Internet recherchiert. Überwältigt von der Vielzahl der Typen und Modelle, hatte er die Kaufentscheidung dann aber erst mal vertagt.

»Hier ist Dein Mineralwasser, Giuseppe. Der Salat kommt gleich.«

»Danke, Giulia. Hast Du eigentlich ein Fahrrad?«, fragte Caponnetto und dachte an die muskulösen Waden, die ihm aufgefallen waren, als er Giulia hinterhergeschaut hatte.

*

Nobile schickte ihren Kollegen *Agente* Gianni Sestri voraus in die *panetteria* Adamo. So konnte er schauen, ob Kundschaft in der Bäckerei war und sich seinen dringenden Wunsch nach einem Stück *focaccia* erfüllen.

Diese ligurische Spezialität, die ebenso wie Pizza aus Hefeteig gebacken wird, war ein beliebter Snack am Vormittag. Also genau genommen war es schon etwas spät dafür, aber Sestri sollte ruhig ein Stück kaufen und dabei unauffällig die Bäckerei auskundschaften.

In so einem kleinen Dorf wurde schnell viel geredet. Nobile wollte daher vermeiden, den Bäcker während der Öffnungszeit im Laden zu befragen. Sie würden im Auto warten, die *focaccia* essen, sich dann die fettigen Finger nach Katzenart säubern und mit dem Bäcker sprechen, wenn kein anderer Kunde in der Nähe war.

Sestri stand die Enttäuschung ins Gesicht geschrieben, als er seinen Kopf durchs Autofenster streckte.

»Wegen Trauerfall, heute geschlossen.«

Nobile überlegte, ob es sich bei diesem Trauerfall um Serra handelte oder es um einen anderen Toten ging.

›Die Beerdigung von Serra war erst für übermorgen angesetzt, also das passt nicht zusammen‹, dachte sie.

Mit zwei verärgerten Polizisten an Bord, setzte sich der Fiat Freemont in Bewegung.

Sestri hing in Gedanken seiner *focaccia* nach und Nobile ärgerte sich, weil sie morgen abermals hierher würde kommen müssen. ›Wenn er schon den Laden wegen eines Trauerfalls geschlossen hielt, würde er vermutlich auch nicht zuhause sein, sondern bei der Beerdigung oder bei den Angehörigen. Und das konnte sonst wo sein‹, überlegte sie.

Heute den Bäcker zuhause aufzusuchen, schien keinen Sinn zu machen.

*

»Bitte schön! Einmal Salat nach Art des Imperators.«

Caponnetto konnte nicht glauben, dass Giulia nicht lockerließ und offenbar weiterhin versuchte, ihn zu testen.

»Also, ich wusste ja, dass das römische Reich sehr groß war, aber dass es sich bis Mexiko ausgestreckt hätte, ist mir neu.«

Er zwinkerte Giulia zu. »Aber man lernt ja nie aus.«

»Wie meinst Du das?«, fragte Giulia.

Caponnetto zog seine Trumpfkarte.

»Bisher dachte ich, dass dieser Salat nichts mit dem Imperator Julius Caesar zu tun hat, sondern in den 1920er Jahren erfunden wurde. Und zwar von Cesare Cardini, einem Italo-Amerikaner, der in Tijuana ein Restaurant hatte, das seinen Namen trug: Caesar‹s Palace.«

»Angeber«, sagte Giulia grimmig, aber kaum hörbar.

Caponnetto hatte während seiner Ausbildung Lippenlesen gelernt. Das war im Polizeidienst schon oft hilfreich gewesen und war nun auch hier bei der »Operation Golfo« sehr nützlich.

»Entschuldige Giulia, was hast Du gesagt? Ich war gerade in Gedanken.«

»Na, dann hoffe ich, es waren gute Gedanken, Giuseppe. Hier ist Deine Rechnung.«

Obwohl Caponnetto ein Mann des Gesetzes war, freute er sich diebisch.

*

Caponnetto hatte sich auf der Terrasse von Giulia verabschiedet, war dann aber unter einem Vorwand nochmal in das Lokal gelaufen.

Er wollte nichts Bestimmtes. Er liebte einfach das Überraschungsmoment, so wie in der Fernsehserie mit Peter Falk als Inspektor Colombo. Der verabschiedete sich und sprach dann die Verdächtigen wegen einer scheinbar belanglosen Sache nochmal an.

Colombo wähnte sein Gegenüber in Sicherheit und gerade wenn sie aufatmeten, stand er wieder da und konfrontierte sie mit einer Frage oder Unstimmigkeit. Häufig machten sich die Täter erst dadurch verdächtig, dass sie versuchten Erklärungen zu finden oder Widersprüche herunterzuspielen. Wer nichts zu verbergen hat, kann auch gut mit Unstimmigkeiten und Widersprüchen leben.

»Giulia, kannst Du mir bitte den Schein wechseln. Ich brauche Münzen für den Automaten.« Dabei spähte Caponnetto durch die halb geöffnete Tür zur Küche und sah Concetta, die gerade ihre Schürze auszog.

Er trat zwei Schritte nach vorn und rief dann laut.

»*Ciao* Concetta. Ich freue mich, dass es Dir wieder besser geht!«

Dann lief er noch zwei Schritte weiter auf die verdutzte Köchin zu und sagte »Bei Gelegenheit muss Du mir bitte die Adresse von Deinem Zahnarzt geben.«

Concetta, die noch immer nichts von dem verstand, was Caponnetto sagte, schielte hinüber zu Giulia.

»Giuseppe möchte die Adresse Deines Zahnarztes.« Dabei dehnte und betonte Giulia beide Silben im Wort Zahnarzt.

»Ich habe Giuseppe gesagt, dass Du heute dringend zum *dentista* gehen musstest, weil Dein Zahn wieder so weh getan hat.«

Concetta lachte schief und fasste sich an die Stelle zwischen Nase und rechtem Mundwinkel. Dabei versuchte sie so auszusehen wie jemand, der testet, ob die Wirkung der Spritze schon nachlässt. Sie nickte dreimal mit dem Kopf Richtung Caponnetto.

»Oje, das muss ganz schön weh getan haben.«

Caponnetto amüsierte sich und wollte seine Beute noch nicht aus den Fängen lassen.

»Also da hoffe ich nur, dass heute Abend wieder alles gut ist …« Dabei drehte er sich etwas zur Seite, so dass Giulia nicht sehen konnte, wie er Concetta zuzwinkerte.

»Ich bin zwar kein Koch, aber ich werde gerne versuchen, mich nützlich zu machen, falls es der armen Concetta heute Abend noch nicht besser geht.«

Giulia antworte, »ein Mann in meiner Küche. *Dio mio*, alles nur das nicht. Wird schon wieder Concetta, oder?« und gab Caponnetto sein Wechselgeld.

›Er hat nicht nur schöne Hände. Er ist auch ein Fuchs‹ dachte Concetta und beschloss, Giulia die Leviten zu lesen.

*

Caponnetto war die *Via Veneto* entlang in Richtung Westen spaziert und dann auf die *Piazza Martiri della Libertà* eingebogen.

Im Tabakladen hatte er sich eine Packung Lakritz-Pastillen mit Anisgeschmack und die Lokalausgabe der *La Stampa* gekauft. Dann war er hinuntergelaufen zur Strandpromenade und hatte sich auf eine freie Bank zwischen der *Gino Bar* und der *Bagni Bar Grifone* gesetzt.

Schnell hatte er gefunden, wonach er gesucht hatte. Auf Seite 15 im Lokalteil war ein Bericht über den Mord, an dem sein Freund gerade arbeitete.

Wie meistens kam die Polizei dabei nicht gut weg, was schlicht daran lag, dass die Polizei gegenüber der Presse nie so viel verriet, wie sie schon wusste und deswegen immer den Eindruck hinterließ, die Polizei tappe im Dunkeln.

Nun war es leider in diesem Fall tatsächlich so, dass die Polizei keine heiße Spur hatte.

Nach der Zeitungslektüre hatte Caponnetto noch einen langen Spaziergang unternommen: bis zum Ortsausgang auf der anderen Seite von Pietra Ligure.

Die Stadt hatte mit dem Ausbau dieses östlichen Teils der Uferpromenade Anfang der 2000er Jahre begonnen und sie zu Ehren von Giovanni Falcone und Paolo Borsellino 2016 *Lungomare Falcone Borsellino* benannt.

Vor der Gedenktafel für die beiden Richter und die

Mitglieder ihrer Eskorte, die bei den Attentaten im Mai und Juli 1992 ums Leben gekommen waren, hatte Caponnetto länger verweilt, als es sonst Passanten tun, die den Text auf der Tafel lasen.

Der Wind hatte aufgefrischt und es sah nach Regen aus, daher war Caponnetto zügig zum Wagen zurückgelaufen. Er spürte, dass seine Beinmuskeln und Gelenke an solche Strecken und andauernde Belastung noch nicht wieder gewöhnt waren.

Nach der Rückkehr in das Haus von Tante Antonella, das nun sein Domizil in Pietra war, legte er sich aufs Bett und fiel schnell in einen tiefen und erholsamen Schlaf. Er würde erst gegen 17 Uhr wieder aufwachen und sich dann wieder der »Operation Golfo« widmen, im Internet recherchieren und sich Notizen machen.

IV

Um 19 Uhr stand Caponnetto im *salotto* und suchte seine Autoschlüssel. Er trug einen dunkelblauen grobmaschigen Cardigan, gestreifte Chino und ein weißes Hemd.

Sein *cellulare* zeigte eine neue Nachricht von Stefania an: »War schön, Dich wiederzusehen.«

Das war alles. Vier Worte nur und doch genügten sie, um ihn aus dem Konzept zu bringen.

Noch während Caponnetto überlegte, was er auf die Kurznachricht antworten sollte, ging er aus dem Haus, merkte aber dann, dass er keinen Autoschlüssel bei sich hatte. Also lief er wieder zurück, fand die Schlüssel in der Küche neben der Spüle und ging dann zu seinem Wagen.

*

Bonfatti hatte schneller als erwartet einen Parkplatz gefunden und stand Punkt 19 Uhr 30 vor der *osteria*. Giulia erkannte ihn nicht, zumindest tat sie überrascht, als er nach der Tischreservierung für Caponnetto fragte.

»Ah, dann sind Sie der Freund von Giuseppe?«, fragte Giulia und begleitete ihn an den Tisch in der linken Ecke.

Bonfatti nahm Platz und schaute sich um. Er erinnerte sich an die Andeutungen, die Caponnetto über die wirtschaftliche Situation gemacht hatte. Ihm fiel auf, dass die Tischdecke zwar frisch gewaschen, ihr Weiß aber verblichen war.

»Darf ich Ihnen schon mal ein Wasser bringen?«

»Bitte bring auch gleich eines für mich mit, Giulia.«

Caponnetto war unbemerkt hinter sie getreten und nahm gegenüber von Bonfatti Platz.

»*Ciao* Peppino!«

»Antonio, mein Lieber, wie läuft‹s denn so?«

Bonfatti begann zusammenzufassen, was sich den Tag über ereignet hatte.

»Also dieser Untermieter aus München rief bei der Polizei an, nachdem er mit Roberto telefoniert hatte. Die Kollegen meldeten sich sofort bei mir und ich habe einen Wagen losgeschickt. Stell Dir vor«, Bonfatti machte eine Kunstpause, »der Neffe hatte ein Ferienhaus in Cogoleto gemietet.«

»Also etwa 30 oder 40 Kilometer vom Tatort entfernt. Das heißt, er hatte eine Tatgelegenheit«, kombinierte Caponnetto.

»Etwas weiter weg ist es schon, etwa 90 Kilometer hin und zurück. Aber trotzdem, es passt alles zusammen: Der Neffe hatte eine Tatgelegenheit und er hatte ein Motiv«, resümierte Bonfatti zufrieden.

Caponnetto knurrte der Magen.

»Und?«

»Die Kollegen fanden das Haus leer vor.«

»Hast Du ihn zur Fahndung ausgeschrieben?«, fragte Caponnetto während er nach der Karte griff.

*

Giulia, verärgert darüber, dass Caponnetto sie nicht weiter beachtet hatte, sondern ihr lediglich die Bestellung mitgegeben hatte, schickte Concetta los, um die Getränke zu servieren.

»Du weißt schon, Giulia, dass Du ziemlich empfindlich wirst, wenn es um diesen *Commissario* geht.«

Die Bemerkung war Concettas kleine Rache dafür, dass sie ihre Station verlassen und das Umrühren des *risotto* Giulia überlassen musste.

»Kein *Commissario*. Ich wiederhole es gerne noch einmal«, sagte Giulia, »Caponnetto ist kein *Commissario*, er war keiner und so wie er hinkt, wird er es auch nie werden.«

»Aber früher, als er mit seiner Tante hier gewesen war, da hat er manchmal Uniform getragen«, zischte Concetta, nahm das Tablett und ließ Giulia stehen.

Als sie sich mit dem Tablett dem Tisch näherte, wechselte Bonfatti das Thema.

»Und wie geht es Stefania?«

Caponnetto war noch immer nicht sicher, wie er die letzte Kurznachricht, die ihm Stefania geschickt hatte, einordnen sollte. Er sagte daher nur etwas mürrisch »Wie soll es Stefania schon gehen. Sie sitzt in Brera und träumt von einer zweiten *Operazione Luna*.«

Concetta, die nicht viel von Diskretion hielt, sprach Caponnetto direkt an.

»Ist diese Stefania Ärztin? Ich meine, hier in der Nähe? Ich frage nur, weil mich meine Bandscheibe diesen Winter wieder so plagt und …«

»Oh, tut mir leid, das zu hören, Concetta. Dieser Ärger mit der Bandscheibe und dann heute auch noch der Zahn«, erwiderte Caponnetto und zwinkerte ihr zu.

Bonfatti blickte etwas verständnislos erst zu Caponnetto, dann zur Köchin und entschied sich schließlich, eine Antwort zu geben, die ebenso seltsam war wie Concettas Frage.

»Also, man könnte sagen, dass sie eine Art Ärztin ist. Sie schneidet das kranke Gewebe aus der Gesellschaft. Kann man so sagen, oder?«

Caponnetto nickte. Er überlegte kurz, ob er Concetta darüber aufklären sollte, dass es bei der *Operazione Luna* nicht um einen chirurgischen Eingriff ging, sondern dies der Deckname für Ermittlungen der Mailänder Staatsanwaltschaft gegen die *'Ndrangheta* gewesen war. Dabei waren Mitte der 1990er Jahre auch seine Kollegen der *Carabinieri* Spezialeinheit *ROS* in Mailand beteiligt gewesen. 1997 wurden 45 Verdächtige verhaftet, gegen die wegen Mitgliedschaft in einer kriminellen Vereinigung, Geldwäsche und Drogenhandel Anklage erhoben worden war. Die *Operazione Luna* war als Schlag gegen die Mafia in Norditalien gefeiert worden, allerdings hatte die *'Ndrangheta* die Reihen schnell wieder geschlossen und die Kontrolle über den Drogenhandel, insbesondere den Handel mit Kokain, nie verloren. Ermittler schätzten den Jahresumsatz der *'Ndrangheta* auf 50 Milliarden Euro.

Caponnetto wusste, dass Stefania seit einigen Monaten wieder mit einer Gruppe der *ROS* und Ermittlern aus den Niederlanden und Deutschland in einer länderübergreifenden Sonderkommission arbeitete.

»Und diese Stefania, ist sie hübsch? Ist sie Ihre Freundin?«, fragte Concetta und blickte dabei abwechselnd die beiden Männer an, so dass ihr Kopf hin und her wogte wie bei einem Elefanten.

»Sie ist nicht so hübsch wie Sie, meine liebe Concetta. Und ja, sie ist eine alte Freundin von uns beiden«, antwortete Caponnetto schmunzelnd.

»Für mich bitte einen *insalata mista* und dann die *trenette con pesto*.«

Bonfatti ergänzte »Und für mich bitte *bresaola con rucola e grana* und dann den *risotto alla zucca*.«

Concetta notierte die Bestellung und trottete offensichtlich unbefriedigt mit dem Ergebnis ihrer Recherchen zurück in die Küche.

Bonfatti zwinkerte seinem Freund zu.

»Jetzt verstehe ich auch, warum Du so aufgekratzt bist. Da bahnt sich was an, oder?«

»Was soll das heißen?«

»Na ja, Concetta wird Dich nicht nach Stefania gefragt haben, weil *sie* eifersüchtig ist, sondern wegen ihrer Chefin.«

Caponnetto winkte ab. »Giulia ist ein Eisklotz. Da schmelzen eher die Pole …«

Jetzt war es Bonfatti, der seinen Kopf rhythmisch erst links, dann rechts Richtung der Schultern federte, was ausdrücken sollte. »Na, da bin ich mir nicht sicher.«

*

Im Zentrum von Mailand saß Stefania in einer eleganten Weinbar in der Nähe der *Via Brera* und nippte an ihrem *Crodino*.

Sie hatte ihrer Freundin Silvia am Telefon von ihrem Wiedersehen mit Caponnetto erzählt und dass sie »bis spät in die Nacht zusammen gewesen« waren.

Kaum ausgesprochen hatte sie versucht, das Missverständnis zu korrigieren und erklärt, dass sie gemeint habe, es sei ein langer Abend gewesen. Aber da hatte sich Silvia schon festgelegt. Es sei ganz sicher ein freudscher Versprecher gewesen und Stefania habe sich ganz sicher gewünscht, sie hätte die Nacht mit Caponnetto verbracht.

Silvia gehörte zu den Typen Menschen, die WhatsApp nicht zum Dialog nutzten. Sie sendete nicht eine Nachricht, wartete auf eine Antwort, um dann ihrerseits wieder etwas zu schreiben. Nein, nicht Silvia. Sie schickte eine Nachricht nach der anderen.

»Ergreife die Initiative!«

»Pack den Stier bei den Hörnern!«

»Sag ihm, Du kommst am Wochenende zu ihm!«

»Schmiede das Eisen, solange es heiß ist!«

›Fehlt nur noch ›der frühe Vogel fängt den Wurm‹, dachte Stefania und schaltete auf Flugmodus. Sie wollte jetzt ungestört sein und nachdenken.

›Soll ich ihm noch mal schreiben, oder besser gleich anrufen?‹

Vor einigen Stunden schon hatte sie Caponnetto geschrieben, dass sie am Wochenende nach Pietra kommen wollte, aber noch keine Antwort erhalten.

Caponnetto hatte ihr angeboten, dass sie bei ihm übernachten könnte. Das Haus war groß genug, hatte mehrere Bäder und Schlafzimmer.

›Und wer weiß, vielleicht brauche ich ja gar kein eigenes‹, dachte sie. Es fühlte sich gut an, an Caponnetto zu denken. ›Vielleicht hatte Silvia ja doch recht?‹

*

99

Concetta hatte eben die Teller mit dem Salat und der *bresaola* serviert, da brummte Bonfattis Telefon. Der *Commissario* zog das *cellulare* aus der Tasche, hielt es kurz seinem Freund vor die Nase und ging dann vor die Tür.

Caponnetto konnte durch das Fenster beobachten, wie Bonfatti die Straße auf und ab lief.

Schon nach fünf Minuten saß er wieder an seinem Platz und spießte ein Stück Tomate auf die Gabel.

»Sie haben den Neffen am Grenzübergang festgesetzt. Er wird jetzt nach Savona gebracht«, sagte Bonfatti zufrieden.

»Wunderbar, dann hast Du ja noch genügend Zeit für die Pasta.«

Bonfatti legte sich die Serviette wieder auf den Schoß.

»Und? Gibt es sonst noch Neuigkeiten?« fragte Caponnetto.

»Na ja, die Haushälterin des Opfers ist verschwunden. Sie hat bei der Befragung einen falschen Namen angegeben. Ich bin noch nicht sicher, was ich davon halten soll.«

»Aber Du sagtest doch, dass sie die Polizei gerufen hat und gestern noch bei Dir in der *Questura* war?«

»Ja, eben – drum bin ich nicht sicher, was ich davon halten soll«, räumte Bonfatti zerknirscht ein und ergänzte »Vielleicht wollte sie nur Zeit gewinnen, um sich abzusetzen.«

»Du hast sie gesehen, Antò, glaubst Du, sie könnte so eine brutale Tat begehen?«, fragte Caponnetto.

»Bin nicht sicher. Vielleicht war sie auch nur Komplizin, oder sie ist aus anderen Gründen verschwunden. Wir werden sehen.«

Der *Commissario* zog sein Jackett aus.

»Jetzt bist aber Du dran, Peppino. Erzähl mir, was war denn heute Mittag los, als Du mich angerufen hast?«

Caponnetto teilte freimütig mit seinem Freund das Auf und Ab seiner Gefühle, und wie sehr es ihm geholfen hatte, die Situation mit Giulia anzugehen wie einen Ermittlungsfall. Er erzählte Bonfatti auch von der Akte Golfo.

»Also ein bisschen spinnst Du schon, Peppino«

Als kurz darauf Concetta die *primi* servierte, wechselten die beiden Freunde zu einem unverfänglichen Thema. Caponnetto berichtete, was er am Vormittag über die Zutaten des *Pestos* gelesen hatte.

Nach dem *caffè* fuhren beide nach Savona. Der *Commissario* fuhr direkt ins Polizeipräsidium, um dort auf die Ankunft von Roberto Serra zu warten. Caponnetto wollte in seinem Apartment am Yachthafen übernachten.

*

Bonfatti hatte sich schon auf der Fahrt von Pietra Ligure nach Savona seine Taktik für die Vernehmung zurechtgelegt.

Er musste Roberto Serra natürlich sagen, warum er festgehalten wurde. Dabei konnte er ihn entweder direkt mit dem Tatvorwurf des heimtückischen Mordes konfrontieren oder ihm nur Mittäterschaft vorwerfen. Der *Commissario* hatte entschieden, *All-in* zu gehen.

»*Signor* Serra. Sie wissen, warum wir Sie an der Grenze festgehalten und hierher gebracht haben?«

Roberto antwortete mit zittriger Stimme

»Nein. Ich dachte, ich sollte als Zeuge aussagen bei der Polizei in München. Nun wurde mir gesagt, dass mein Onkel gestorben ist.«

»Er ist nicht einfach gestorben, *Signor* Serra. Sie haben ihn heimtückisch und brutal erschlagen. Warum? Ging es um Geld?«

»*Signor Commissario*, ich weiß wirklich nicht, wie sie darauf kommen. Ich habe meinen Onkel geliebt und er mich. Wie einen Sohn hat er mich geliebt.«

»Ah ja? Da habe ich aber etwas ganz anderes gehört?«

Kaum merklich blitzte ein feindseliges Funkeln in den Augen von Roberto Serra. Bonfatti blieb dieses Funkeln jedoch nicht verborgen, ebenso wenig wie der Druck in der Stimme, als Roberto sagte

»Wirklich. Wer sagt das? Wer verbreitet solche Lügen?«

›Na also‹, dachte Bonfatti ›eine erste Reaktion‹.

Er legte Roberto die Bilder vor, die am Tatort gemacht worden waren.

»Eigentlich muss ich Ihnen die gar nicht zeigen. Sie waren ja selbst dort. Habe ich recht?«

Er breitete die Bilder vor Roberto aus. Der schlug seine Hände vors Gesicht.

»*Signor Commissario*, bitte nehmen Sie diese Bilder weg. Ich habe meinen Onkel geliebt. Ich hätte ihm so etwas nie antun können.«

»Wo waren sie vorgestern Abend?«

»Das war Sonntag. Wurde er am Sonntag getötet?«

»Wo waren Sie?«

»Ich war in dem Ferienhaus, mit meinen Freunden. Wir waren seit Freitag dort.«

»Und das können Ihre Freunde bezeugen?«

»Hören Sie, *Commissario*, wir waren alle dort im Haus, denn wir waren krank.«

»Alle waren krank?«, fragte Bonfatti ungläubig.

»Ja leider, wir waren alle krank.«

Roberto strich sich die Haare aus der schweißnassen Stirn.

»Wir hatten wohl etwas gegessen, was uns nicht bekommen ist, hatten uns den Magen verdorben. Muss ich wirklich detaillierter werden?

»Ich bitte darum.«

Der Polizist, der das Protokoll führte, notierte fleißig die detaillierte Beschreibung mit. Sein Gesichtsausdruck verriet, dass er selbst mit den Symptomen eines verdorbenen Magens bestens vertraut war.

»Und Ihre Freunde werden das bestätigen?«

»Ja, natürlich«.

Dann brauche ich jetzt von allen Namen, Anschrift und Telefonnummer.«

Bonfatti erhob sich, um das Vernehmungszimmer zu verlassen.

Er gab dem Diensthabenden Anweisung, ihm die Daten, die Roberto Serra aufschreiben würde, weiterzuleiten und Serra in eine Arrestzelle zu bringen. Seine heißeste Spur war eben geplatzt wie eine Seifenblase. Er fühlte sich plötzlich sehr müde.

*

Vom Auto aus rief Bonfatti seinen Freund an. Caponnetto erkannte am Klingelton, von wem der Anruf kam und griff nach dem Telefon auf dem Nachttisch. Er ahnte, dass etwas nicht nach Plan gelaufen war.

»Was gibt‹s?«

»Peppino, hast Du schon geschlafen?«

»Um drei Uhr nachts? Wo denkst Du hin? Ja, natürlich habe ich schon geschlafen!«

»Als wir uns in der *osteria* verabschiedet haben, hast Du doch gesagt ›halte mich auf dem Laufenden‹«

»Ja, ja, mein Lieber. Was ist denn los?«

»Ich werde ihn gehen lassen müssen. So wie es im Moment aussieht, war der Neffe nicht auf der Flucht, sondern auf dem Rückweg nach München. Zudem scheint er ein Alibi zu haben.«

»Okay, verstehe Antò.« Caponnetto schlug seinem Freund vor, jetzt schlafen zu gehen und dann später am Morgen noch mal zu sprechen.

»Sag mal, Peppino, wann steht ein Frührentner wie Du eigentlich auf?«

Caponnetto war inzwischen in die Küche gelaufen, um ein Glas Wasser zu trinken.

»Das kommt ganz darauf an, wie lange ihn seine Freunde nachts wachhalten. Jetzt sag schon, was Du willst.«

Bonfatti schlug vor, dass Caponnetto ab elf Uhr in der Nähe des Polizeipräsidiums Ausschau nach einem dunkelblauen A1 mit Münchner Kennzeichen halten sollte.

»Und dann machst Du eine kleine Spritztour über Land.«

»Ah ja und wenn er nach München fährt, soll ich ihm hinterherfahren? *Sei scemo*, Du spinnst wohl!«

»Wieso, was hast Du gegen Deutschland – zu weit?«

»Nein, zu kalt!«, erwiderte Caponnetto lachend.

»Der wird nicht nach München fahren. Erst mal steht noch die Beerdigung des Onkels an.«

»Und was, denkst Du, wird er machen?«

»Wenn ich das wüsste, bräuchte ich Dich ja nicht als Magnum P.I. zu beauftragen.« Bonfatti lachte.

»Und jetzt geh schön schlafen, damit Du morgen fit bist.«

»*Vaffanculo!*«

V

Als Nobile mit Sestri gegen acht Uhr morgens die Dienststelle verließ und in Richtung San Giuseppe aufbrach,
wussten sie nichts über die Verhaftung von Roberto Serra.
Sie hatten das Protokoll des Dienstabenden über die Vor-
kommnisse der Nacht nicht gelesen, aber es hätte auch
keinen Unterschied gemacht. Sie mussten sich darauf
konzentrieren, die Haushälterin zu finden. Die Fahrt ins
Hinterland dauerte knapp 20 Minuten.

In der Bäckerei Adamo waren keine Kunden zugegen,
daher hatte Sestri, als er zurückkam, nicht nur ein kleines
Paket mit *focaccia* dabei, sondern kam gleich in Begleitung
des Bäckers. Er sah jünger und sportlicher aus, als Nobile
erwartet hatte.

Nobile stieg aus dem Wagen und entsperrte ihr Telefon.
Dann zeigte sie Luigi Adamo – wie sich herausstellte, hieß
der Bäcker tatsächlich Adamo – das Bild von Livia Auci
und den beiden anderen jungen Frauen.

Adamo erkannte die eine Frau als Stammkundin, die
manchmal größere Bestellungen vorab machte.

›Vermutlich für die Haushalte, in denen sie tätig war‹,
dachte Nobile.

Adamo wusste auch ihren Namen: »Auci. Die Bestellungen gingen immer auf den Namen Auci.

›Immerhin hat sie den Namen Livia Auci durchgängig benutzt‹, dachte Nobile.

Adamo zeigte auf die Frau ganz rechts. »Die da kenne ich nicht.« Dann deutete der Bäcker auf die Frau in der Mitte, deren Gesicht hinter einer großen Sonnenbrille kaum zu erkennen war. Ihre Haare waren komplett unter einer Baseballmütze verborgen.

»Ich erinnere mich an den Vornamen, weil die andere junge Frau auch so hieß, Livia. Letzten Sommer kam sie manchmal allein in meinen Laden. Also ohne die andere Livia.«

Als er das sagte, wurde der Bäcker etwas rot und schaute verlegen.

»Und?«, fragte Nobile, die auf die Pointe wartete.

»Nun ja. Wie soll ich sagen? Sie hat mir gefallen und ich ihr auch, denke ich.«

»Ja und weiter!«, drängte jetzt Sestri, dem der Duft der *focaccia* in die Nase stieg.

»Wie gesagt, es war Sommer. Wir haben uns schnell gut verstanden.«

Nobile und Sestri schauten sich ratlos an, dann wieder den jungen Bäcker.

»Wir sind mal ausgegangen und dann hat sie mich öfter in der Mittagspause hier im Laden besucht. Manchmal haben wir uns auch noch abends gesehen. Nach zehn Tagen oder so hat sie dann gesagt, dass ihr Urlaub jetzt vorbei sei und sie morgen abreisen müsste.

›Nun bin ich gespannt, ob er außer dem Vornamen und der Körbchengröße auch noch etwas weiß, das uns weiter hilft‹, dachte Nobile, sagte aber stattdessen in geduldigem Ton.

»Und haben Sie vielleicht eine Telefonnummer oder Adresse? Oder kennen sie wenigstens den Nachnamen Ihrer Sommerromanze?«

»Nein. Leider nicht. Sie meinte, sie würde sich bei mir melden, hat sie aber dann nicht. Ich weiß nur, dass sie bei einem Friseur in Savona arbeitet. Wenigstens hat sie das gesagt.«

*

»Wollen wir wetten, dass die auch nicht Livia heißt?«, sagte Sestri in spöttischem Ton, nachdem sie sich von dem Bäcker verabschiedet hatten und er mit Nobile wieder im Auto gesessen war.

Sie fuhren Richtung Carcare.

»Nach vorn denken, fokussiert bleiben!«, murmelte Nobile kaum hörbar, so dass Sestri nachfragte

»Was haben Sie gesagt?«

»dass ich so schnell nicht aufgebe. Das habe ich gesagt.«

Nobile nahm das Funkgerät und bat den Diensthabenden im Präsidium zu prüfen, bei welchem Friseur in Savona eine Frau mit dem Vornamen Livia beschäftigt war.

Keine fünf Minuten später klingelte ihr *cellulare*. Nobiles Miene hellte sich auf. Als sie das Gespräch beendet hatte und Sestri anschaute, sah er ein Leuchten in ihren Augen.

»Du kannst umdrehen. Die Fahrt nach Carcare können wir uns sparen. Wir rufen die Kollegen dort später an. Jetzt verfolgen wir zunächst eine andere Spur.«

*

In der *Via Montenotte* 66 parkte Sestri den Fiat in der zweiten Reihe vor dem Coiffeur Angela. Schon beim Aussteigen taxierte Nobile die Angestellten im Geschäft. Sie folgte ihrem Instinkt und sprach beim Eintreten nicht die ältere Dame an, bei der es sich vermutlich um die Besitzerin handelte, und auch nicht die junge blonde Frau. Sie ging auf die dritte Frau zu, die in der linken Ecke hinter einem Friseurstuhl stand. Diese Frau war etwa so groß wie sie selbst und hatte ebenfalls kastanienbraune Haare.

Nobile war nicht entgangen, wie der Bäcker sie angeschaut hatte, und auch wenn Adamo sich nicht getraut hatte, mit ihr zu flirten, schien es ihr so, als sei sie sein Typ gewesen. Daher nahm sie an, dass die Frau im Friseursalon, die ihr am ähnlichsten war, die Bekanntschaft des Bäckers war. Die Freundin jener Person, die sie dringend finden mussten.

»Entschuldigung. Sind Sie Livia?« Die Frau erschrak. Nach kurzem Zögern nickte sie und schaute die uniformierte Polizistin fragend an.

Nobile sprach extra laut, damit es alle im Laden hören konnten.

»Bei Ihnen Zuhause ist eingebrochen worden. Bei Ihnen und auch bei Ihrem Nachbarn. Können Sie bitte gleich mitkommen. Wenn wir wissen, was fehlt, können wir die Diebe vielleicht beim Verkauf der Ware erwischen.«

Nobile schaute dann die ältere Dame an, von der sie annahm, dass es Angela Aristi, die Besitzerin des Friseursalons war.

»Das ist doch sicher möglich, *Signora*? Wir werden in einer Stunde wieder hier sein.«

Nobile sagte diese Sätze so, dass kein Raum für Widerspruch blieb.

Signora Aristi, bemüht ihr Gesicht zu wahren, schaute die andere Frau mit den blonden Haaren an und nickte dann Richtung des Stuhls, auf dem Livias Klientin unter einer Haube saß.

»Übernimmst Du bitte, Schätzchen?«, dann sagte sie kalt wie ein Eisklotz zu Livia »Und Du hast dann Deine Mittagspause gehabt.«

Schließlich blickte sie Nobile an.

»In einer Stunde sagen Sie?«

Nobile nickte und legte ihre Hand auf Livias Unterarm.

Beide stiegen in den Polizeiwagen, in dem Sestri mit laufendem Motor wartete.

*

Sestri fuhr bis zur nächsten Kreuzung, bog dann nach rechts auf die *Via Luigi Corsi*, überquerte den Fluss und fuhr dann noch ein Stück die *Carlo Collodi* hinunter. Auf Höhe der *Bar Topolino* hielt er den Wagen an und schaltete den Warnblinker ein.

Nobile hatte Livia gleich, nachdem sie eingestiegen waren, erklärt, dass sie sich keine Sorgen machen müsse. Es habe keinen Einbruch gegeben. Sie habe nur einen Vorwand gebraucht, um möglichst ungestört mit ihr sprechen zu können, und zwar ohne sie im Friseursalon in Verlegenheit zu bringen.

»Es geht um ihre Freundin.«

Nobile nahm das Telefon und rief das Foto auf, das die drei jungen Frauen zeigte.

»Wissen Sie, wo sie sich aufhält?« Dabei zeigte sie auf Livia Auci.

»Sie hat nichts angestellt. Da bin ich sicher. Was wollen sie von ihr?«

»Das würden wir lieber mit ihr direkt besprechen. Also wissen Sie, wo sie sich aufhält oder nicht?«

»Soll ich aufs Revier fahren?«, fragte Sestri, um die Diskussion abzukürzen. Er war schon wieder hungrig. Die *focaccia* hatte gut geschmeckt, aber sie war für ihn Frühstücksersatz gewesen. Jetzt war schon wieder Zeit für einen *spuntino*. Mit dem Hunger kam die Ungeduld.

Eingeschüchtert und aufgeregt wedelte Livia mit den Händen.

»Nein, nein. Lavinia ist bei mir zu Hause. Soll ich sie anrufen?«

»Wie haben Sie sie genannt?«

»Lavinia. Lavinia Aurii.«

Livia tippte sich mit den Zeige-, Ring- und Mittelfinger zweimal an die Stirn.

»Ach so, Sie kennen sie vermutlich unter einem anderen Namen, oder? Livia Auci – ja?«

Sestri und Nobile schauten erst sich an, dann wieder Livia. Durch Nobiles Kopf flogen die Gedanken, wie eine Schar Vögel, die durch einen lauten Knall aufgeschreckt worden war. Sie nahm ihr Telefon aus der Jackentasche und hielt es der jungen Frau wortlos unter die Nase.

Livia tippte die Nummer ihrer Freundin und reichte dann das Telefon weiter an Nobile.

»Hier spricht *Ispettore* Nobile!«

»Oh, guten Tag«, antwortete Livia Auci.

Nobiles scharfer Ton machte deutlich, dass dies kein guter Tag war.

»Hören Sie mir gut zu. Sie bleiben, wo Sie sind. Wir kommen zu Ihnen. Haben Sie mich verstanden?«

Dann ließ sie sich die Adresse geben und instruierte ihren Kollegen. Gianni Sestri schlug vor, auf dem Weg in einer Bar zu halten, um ein *panino* zu essen.

»Wir wissen ja jetzt. wo sie ist, und es scheint nicht, als dass sie auf der Flucht ist, oder?«

Nobile antwortete nicht, jedenfalls nicht mit Worten. Sie hob kurz das Kinn und schnalzte mit der Zunge.

In der jungen Polizistin gärte noch immer der Ärger darüber, dass sie am Tatort nicht den Ausweis der Haushälterin überprüft hatte. Dieser Anfängerfehler hätte dazu führen können, dass ihnen eine Tatverdächtige entkam oder eine wichtige Spur übersehen wurde. In jedem Fall kostete sie diese Nachlässigkeit jetzt wertvolle Zeit. Francesca Nobile wollte diese Befragung schnell hinter sich bringen.

*

Die ersten Stunden seines Arbeitstages hatte Bonfatti damit verbracht, den Vermieter des Ferienhauses anzurufen und die Kollegen der deutschen Polizei um Unterstützung zu bitten. Die waren umgehend aktiv geworden und so hatte er schon vor Mittag alle Rückmeldungen auf seinem Tisch.

Robertos Freunde hatten allesamt die Aussage von Roberto Serra bestätigt. Sie waren am Freitagabend im Ferienhaus angekommen. Das war am 17. Februar gewesen.

Am nächsten Tag waren alle sechs gleich morgens zum nahegelegenen Golfplatz gefahren, hatten dort gefrühstückt und dann die Berg-Runde gespielt. Der Platz in der Nähe von Cogoleto bot zwei Golfrunden mit je neun Spielbahnen, die, passend zur Landschaft Liguriens, ›Berg‹ und ›Meer‹ genannt worden waren. Anschließend hatten sie zusammen eingekauft und dann am Abend im Ferienhaus den Geburtstag von Roberto gefeiert.

Schon in der Nacht hatten sich erste Symptome gezeigt. Ab diesem Zeitpunkt waren alle mehr oder weniger in ihren Zimmern gefangen gewesen.

In den ersten Stunden hatten sie sich gegenseitig *What‹s App* Nachrichten geschickt. Peter, der sich immer für besonders witzig hielt, hatte vorgeschlagen, zu wetten, wann ihnen das Toilettenpapier ausgehen würde. Roberto hatte am Nachmittag den Vermieter kontaktiert und ihn gebeten, Kohletabletten, Toilettenpapier und Mineralwasser zu besorgen.

Ab Montagmittag hatten die Tabletten gewirkt. Am Dienstag waren sie noch immer etwas erschöpft, aber fühlten sich schon deutlich besser und Mittwoch waren sie wie geplant abgereist.

*

Bonfatti verließ die *Questura* und lief hinüber in die *Via Angelo Barile*. Nun saß er im zweiten Stock der *Procura* im Büro des *Giudice Istruttore* Gandolfo.

Die Schweizer Bahnhofsuhr über der Tür, ein Mitbringsel Gandolfos von einer Tagung in Bellinzona, zeigte elf Uhr an.

»Roberto Serra hat ein makelloses Alibi für die Tatzeit«, eröffnete Gandolfo das Gespräch.

Bonfatti musste an die alte Redensart denken, ›*Se non è vero, è molto ben trovato.*‹

Als ob er die Gedanken des *Commissario* lesen konnte, sagte der Ermittlungsrichter »Wenn es nicht wahr ist, ist es sehr gut erfunden.«

Gandolfo klopfte Bonfatti freundschaftlich auf die Schulter.

»Schauen Sie, alle Freunde haben bestätigt, dass sie sich den Magen verdorben haben und alle haben mehr oder weniger die gleichen Symptome geschildert.«

»Ja, ja und alle haben ausgesagt, dass sich keiner von ihnen in der Lage gefühlt hätte, eine Stunde Auto zu fahren«, sagte Bonfatti kleinlaut.

»Und eben deswegen müssen wir Roberto Serra aus der Untersuchungshaft entlassen.«

Bonfatti erhob sich.

»*Non mi torna.* Das sind mir zu viele Zufälle. Irgendetwas stimmt da nicht. »

»Dann beweisen Sie es, *Commissario*. Dann beweisen Sie es!« Gandolfo hatte sich ebenfalls erhoben.

»Und bitte halten Sie mich auf dem Laufenden. Der *Questore* ruft zweimal am Tag an und will wissen, wo wir stehen.«

Bonfatti wünschte, sich verhört zu haben, und weil er wusste, dass er sich nicht verhört hatte, war er mehr als verärgert. Er war empört.

»Ah ja, der *Questore* ruft Sie an? Um sich nach dem Stand der Ermittlungen zu erkundigen, ruft er Sie an? Können Sie ihm dann bitte etwas ausrichten von mir, wenn er wieder anruft.«

Gandolfo bereute längst, dass ihm der Satz herausgerutscht war. »Hören Sie, Bonfatti, ich möchte mich ungern in Ihren Zwist mit dem …«

Bonfatti unterbrach ihn ungeduldig: »Also werden Sie ihm etwas ausrichten, oder nicht?«

»Was soll ich ihm denn ausrichten?«

»733. Meine Durchwahl ist 733. Wenn er über meinen Fall informiert werden will, soll er mich direkt anrufen.«

Gandolfo streckte Bonfatti die Hand hin. »Ich wünsche Ihnen viel Erfolg, *Commissario*.«

*

Als Bonfatti die Staatsanwaltschaft etwa 100 Meter hinter sich gelassen hatte, rief er Caponnetto an und berichtete ihm, was die Befragungen von Serras Freunden ergeben hatten.

»Der Ermittlungsrichter hat richtig entschieden, Antonio. Und Du hast ja auch erwartet, dass es so kommen würde. Müsste ich den Fall nach Aktenlage bewerten, ich würde genauso entscheiden«, versuchte Caponnetto seinen Freund zu beruhigen.

»Akten riechen nicht nach Angst, Peppino. Ich saß mit Roberto Serra in einem Raum. Ich konnte seine Angst riechen. Angst, dass wir ihm auf die Schliche kommen.«

»Vielleicht war es auch die Angst desjenigen, der unschuldig verdächtig wird?«

»Das ist eine andere Art von Angst. Und das weißt Du ganz genau. Also was ist nun, Peppino: hilfst Du mir oder nicht?«

»Das habe ich Dir doch schon heute Nacht versprochen. Ich habe extra heute Morgen den Wagen noch vollgetankt.«

»Danke, Peppino. Stell Dir vor, was ich eben noch erfahren habe. Statt mich anzurufen, erkundigt sich der *Questore* hinter meinem Rücken beim Ermittlungsrichter über meinen Fall!«

»Was erwartest Du, Antò? Nach dem Aufstand, den Du letztes Jahr gemacht hast, ist doch klar, dass er nicht gut auf Dich zu sprechen ist.«

»Jetzt mach mal halb lang Peppino. Es ging ja schließlich um Dich. Nach dem Unfall, bei dem Du fast getötet wurdest, hatte ich den *Questore* gebeten, mir die Ermittlungen zu übertragen. Stattdessen hat er den Fall diesem aufgeblasenen Larizza gegeben, der dann wie erwartet – nach vier Wochen Untätigkeit – die Ermittlungen ohne Ergebnis eingestellt hat.«

»*Tempi passati*«, sagte Caponnetto ohne zu wissen, wie sehr er sich damit irrte.

*

Stefania nickte mechanisch mit dem Kopf, während der Leiter der *ROS* Einsatzgruppe seinen Bericht zur Überwachung eines Verdächtigen in Mailand vortrug. Es fiel ihr schwer, sich zu konzentrieren. Dann passierte es.

»Und dieser Giuseppe Caponnetto, wo genau hält er sich jetzt auf?«

Acht Augenpaare richteten sich auf die Staatsanwältin.

»Ich meine dieser ›Giuseppe Romeo‹. Wo hält er sich jetzt auf?«

Stefania hoffte, dass niemand aus der Runde Caponnetto

kannte. Zugleich wusste sie, dass dies sehr unwahrscheinlich war. Selbst wenn keiner von den anwesenden *Carabinieri* der *ROS* direkt mit ihm gearbeitet hatte, so war ihr Ex-Freund doch eine bekannte Größe.

Nachdem er auf ihre erste Nachricht gestern nicht geantwortet hatte, hatte sie Caponnetto heute noch einmal geschrieben. Nicht zuletzt, damit ihre Freundin Silvia endlich Ruhe gab und ihr *What›s App* Staccato einstellte.

»Hast Du am Wochenende Zeit?«, hatte Stefania ihm in der zweiten Nachricht geschrieben. ›Also deutlicher kann ich nun wirklich nicht werden, ohne mich zum Narren zu machen‹, hatte sie gedacht.

*

Der Diensthabende zählte stumm bis zehn, während er auf eine Reaktion wartete. Dann fasste er sich ein Herz und klopfte ein zweites Mal an Bonfattis Bürotür und rief »*Mi scusi. Signor Commissario?*«.

»*Avanti.* Ich nehme an, es ist etwas, dass nicht warten kann, bis ich mein *panino* gegessen habe.

Bonfatti saß hinter seinem Schreibtisch. In der Hand hielt er den traurigen Rest von etwas, das einmal ein *panino* mit Tomate und Mozzarella gewesen sein musste.

Auf dem Teller hatte sich ein kleiner milchiger Tümpel gebildet, in dem Weißbrotkrümel schwammen wie Algen in einem Teich. An der Hinterseite des *panino* hing schlapp ein Stück Tomate heraus.

›Das hatte er sich vermutlich schon morgens auf dem Weg ins Büro gekauft‹, dachte der Diensthabende. ›Jetzt ist das Brot natürlich komplett durchgeweicht. Da hätte ich auch schlechte Laune.‹ Er streckte den Rücken durch und übermittelte die ihm aufgetragene Botschaft.

»Entschuldigen Sie die Störung, *Signor Commissario*. Aber *Ispettore* Nobile hat mich gebeten, Sie sofort zu informieren.« Er schaute auf den Zettel in seiner Hand.

»Ich soll Ihnen ausrichten, sie habe eine Spur im Fall Livia Auci und sei auf dem Weg zu einer Ermittlung in Savona und mobil erreichbar, wenn es Ihre Zeit, *Signor Commissario*, erlaubt.«

»*Grazie Agente*, Sie können zurückgehen an ihren Posten.«

Der Diensthabende deutete einen Gruß an, in dem er die Hacken zusammenführte, allerdings so, dass es kaum hörbar war, drehte sich dann über den linken Absatz und verließ Bonfattis Büro.

›Ein typischer Nestscheißer‹, dachte Bonfatti und lächelte milde. Er erinnerte sich nur zu gut daran, wie aufgeregt er in seinen ersten Dienstmonaten gewesen war. Ein *Commissario* war damals für ihn so etwas gewesen wie ein Heiliger für die Katholiken: Man glaubte daran, dass es sie gab, aber man rechnete nicht wirklich damit, ihnen zu begegnen.

*

Nobile zog ihren Zeigefinger über das Display, um das *cellulare* zu entsperren. Zum zehnten Mal in den letzten fünf Minuten.

Der Akku war voll, was nicht verwunderlich war, denn das Telefon hing am Stromkabel. Sie kontrollierte die Netzverbindung und sah vier Balken. Nobile tastete nach dem Regler für die Lautstärke. Das Telefon war auf maximale Lautstärke gestellt.

›Nun mach schon, Bonfatti, wo steckst Du denn?‹

Nobile überlegte, ob sie noch mal in der *Questura* anrufen sollte. ›Vielleicht hat der Diensthabende vergessen, meine Nachricht weiterzugeben?‹

Sestri schielte vom Fahrersitz des Fiat hinüber und amüsierte sich über Nobiles Ungeduld.

Dann endlich klingelte das Telefon.

*

Zehn Minuten später verließ Bonfatti das Polizeipräsidium und bog am Ende der Straße nach rechts. Er wollte nachdenken und das ging manchmal besser im Gehen als hinter dem Schreibtisch sitzend.

Nobile hatte ihm von der zweiten Livia berichtet. Streng genommen gab es allerdings keine zwei Livias, denn die eine benutzte – wie sie gelernt hatten – einen falschen Namen.

Seine Kollegin hatte ihm auch eine Theorie vorgestellt, die zunächst abwegig, bei näherer Betrachtung aber durchaus plausibel klang: Livia hatte einen falschen Namen benutzt, weil sie andernorts unter ihrem richtigen Namen gesucht worden war. Der alte Serra war ihr auf die Schliche gekommen und hatte sie erpresst. Und daraufhin hatte Livia ihn erschlagen.

Bonfatti hatte zunächst eingeworfen, dass dies keinen Sinn machte, weil es bei Livia – oder wie immer die junge Frau hieß – nichts zu holen gab.

»Wenn sie Geld hätte, würde sie kaum die Wohnung

anderer Leute putzen, oder? Da ist für einen Erpresser nicht viel drin«, hatte er gesagt.

»Und wenn es bei der Erpressung nicht um Geld ging, sondern um etwas anderes? Was, wenn Serra ein geiler Bock war? Was, wenn er sie bedrängt hat?«, hatte Nobile kalt entgegnet.

Nobiles Ausdrucksweise und die Härte in ihrer Stimme hatten den *Commissario* überrascht. So hatte er die Kollegin noch nicht erlebt.

Bonfatti dachte an die junge Frau, das Szenario der Erpressung, die damit verbundene Erniedrigung und konnte sich vorstellen, welche Wut die Haushälterin auf Serra gehabt haben könnte, wenn Nobiles Theorie stimmte. Was den Gedanken plausibel machte, war die Emotionalität, mit der die Tat begangen worden war.

Der Täter oder die Täterin musste eine ordentliche Wut auf den alten Serra gehabt haben. Die Erpressung konnte ein Motiv dafür gewesen sein. Also war es vielleicht doch eine Art Beziehungstat, begangen von einer Frau?

Der *Commissario* war wieder an der *Via dei Partigiani* angekommen. Wie von fremder Hand gesteuert hatte er seine Runde gedreht und stand nun wieder vor den gelben Säulen am bogenförmigen Eingang zum Präsidium.

Er schaute nach oben. Im dritten Stock stand im Büro des *Questore* das Fenster offen. Gleich darunter, im zweiten Stock, wartete hinter den grünen Fensterläden sein Schreibtisch auf ihn.

Bonfatti versuchte, seine Gedanken zu ordnen. Auci hatte gezeigt, wie wandlungsfähig sie war, als sie zu ihm ins Büro gekommen war. Und sie hatte gegenüber der Polizei einen falschen Namen benutzt. Aber es gab keine Beweise für ihre Beteiligung an der Tat, genau genommen gab es nicht einmal Indizien. Und der Neffe würde in weniger als einer Stunde auf freiem Fuß sein.

›Wir haben nichts, überhaupt nichts‹, war sein trauriges Resümee.

*

Die Frau, die Nobile unter dem Namen Livia Auci kennengelernt hatte, öffnete die Tür zur Wohnung ihrer Freundin. Sie machte sich nicht die Mühe, durch den Spion zu schauen. Es schien, dass sie nichts zu verbergen hatte, außer ihres richtigen Namens.

Die beiden Frauen setzten sich an den Küchentisch. Im Hintergrund zischte und brodelte die Moka. Lavinia Aurii lehnte sich nach rechts und drehte das Gas aus. Sofort wurde die Moka still.

»Lavinia, das ist also Ihr richtiger Name? Haben Sie einen Ausweis?«, sagte Nobile, die sich ebenfalls beruhigt zu haben schien.

Dann lachte die Polizistin plötzlich schrill auf. Unter der ruhigen, scheinbar gefassten Oberfläche brodelte in ihr noch immer die Aufregung und die Spannung brauchte ein Ventil.

Glucksend sagte sie »Schon wieder eine Doppelfrage.« Die Haushälterin schüttelte den Kopf, um zu signalisieren, dass sie nicht verstanden hatte.

Ispettore Nobile schüttelte ebenfalls den Kopf, ließ sich den Ausweis zeigen und setzte dann die Befragung fort.

»Wo waren Sie am Sonntag, also an dem Abend, als Umberto Serra erschlagen wurde«

»Ich war ab Mittag bis zum nächsten Morgen in Altare. Dann bin ich mit dem Regionalzug nach San Giuseppe und direkt mit dem Bus zu *Signore* Serra gefahren. Das hatte ich Ihnen doch schon gesagt, ich war die ganze Nacht bei einem Freund.«

»Ja, Sie hatten aber auch gesagt, dass Sie Livia heißen. Schreiben Sie mir hier die Adresse und Telefonnummer Ihres Freundes auf.«

Nobile nahm ihr Mobiltelefon, öffnete das Mailprogramm und ließ Aurii tippen, dann schickte sie die Mail an Sestri und an sich selbst.

»Kann noch jemand bestätigen, dass Sie in Altare waren – außer Ihrem Freund, meine ich?«

»Ja, ja natürlich. Wir waren abends eine Pizza essen, da haben uns viele Leute gesehen. Der Kellner und so.«

Nobile nahm sich einen Moment, um bewusst zwei, drei Atemzüge zu nehmen.

›Das klingt alles plausibel‹, dachte sie.

»Wir werden das natürlich überprüfen«, sagte die Polizistin mit einem drohenden Unterton in der Stimme, der nach ›wage bloß nicht, mich noch einmal zu verarschen‹ klingen sollte.

Sie wusste, dass die Überprüfung schnell erledigt sein würde.

Sestri würde die Kollegen in Altara anrufen und sie zur Pizzeria schicken, um das Alibi zu verifizieren. Der Diensthabende würde die Personalien des Freundes überprüfen. In weniger als einer Stunde würde sie Bonfatti Bericht erstatten können.

»Und jetzt? Werden Sie mich anzeigen?« fragte Lavinia kleinlaut.

Nobiles Ärger war inzwischen abgeklungen. An seine Stelle war Traurigkeit getreten und Mitleid mit der jungen Frau, die sich offenbar gezwungen sah, ihren echten Namen und ihre Herkunft zu verleugnen, damit ihr Menschen mehr Vertrauen entgegenbrachten.

»Nein, *Signora* Aurii. Es wird keine Anzeige geben. Ich sehe das so: Auci ist für Sie so eine Art Künstlername, den Sie benutzen, wenn Sie arbeiten. Aber das nächste Mal, wenn ein Polizist Sie danach fragt, nennen Sie Ihren richtigen Namen. *É chiaro?* Sonst sind Sie wirklich in Schwierigkeiten.«

Als sie wenig später die Wohnung verließ, überlegte sie, was von den Hintergründen der »Namensänderung« für den *Commissario* relevant war. Die Kurzfassung würde sicher genügen.

Lavinia Aurii war in Rumänien geboren und in Rom aufgewachsen. Da viele Menschen Vorurteile hegten, hatte sie nach ihrem Umzug nach Ligurien den Namen Livia Auci angenommen.

So war aus der Rumänin Lavinia die Italienerin Livia geworden, für die es offenbar leichter war, eine Anstellung als Haushälterin zu finden.

Nobile hatte die Ausweispapiere, ausgestellt auf den Namen Lavinia Aurii, genau inspiziert und die schienen in Ordnung. Ein überprüftes Alibi für die Tatzeit hatte die Haushälterin auch. Livia/ Lavinia war auch nicht geflüchtet. Sie war am Tag nach dem Mord direkt von der *Questura* aus zu ihrer Freundin gefahren, um dort ein paar Tage zu verbringen und auf andere Gedanken zu kommen.

*

Nach der Verhaftung am Grenzübergang hatte einer der Polizisten, die zur Überführung von Roberto Serra abgestellt worden waren, den A1 nach Savona gefahren. Die Spurensicherung hatte den Wagen noch in der Nacht untersucht, aber nichts gefunden, was sich mit der Tat in Verbindung bringen ließ und den Neffen belasten könnte. Nun saß Roberto wieder selbst hinter dem Steuer seines A1 und lenkte das Auto auf den *Corso Agostino Ricci*.

Bonfatti, der von seinem Bürofenster aus sehen konnte, dass der Wagen aus der Tiefgarage gefahren war, hatte seinem Freund wie vereinbart eine Nachricht geschickt.

Caponnetto wartete mit laufendem Motor in seinem Alfa Romeo Stelvio in zweiter Reihe und fädelte sich im richtigen Moment in den Verkehr ein. Er war voll konzentriert und behielt Roberto in seinem A1 fest im Blick.

Wie erwartet nahm Serra die *Strada Provinciale* 29 und fuhr in Richtung San Giuseppe. Die ersten zehn oder 12 Kilometer folgte die SP29 dem Flusslauf des *Torrente Lavanestro* bis zu seinem Ursprung in den Ligurischen Alpen.

Caponnetto, der die Strecke nicht kannte, wunderte sich, als Serra, kurz nachdem er das Dörfchen Burré hinter sich gelassen hatte, den Wagen verlangsamte.

›Ob er mich gesehen hat?‹, fragte sich Caponnetto, während er ebenfalls das Tempo drosselte.

Dann lenkte Serra den A1 von der Landstraße auf eine Abzweigung und Caponnetto wurde von dem Manöver so überrascht, dass ihm nichts übrigblieb, als auf der SP29 weiterzufahren. Im Rückspiegel konnte Caponnetto gerade noch sehen, wie der A1 auf einem Parkplatz neben ein paar Mülltonnen zum Stehen kam. Dann kam die nächste Kurve.

Schon nach etwa 600 Metern bot sich für Caponnetto eine Möglichkeit, den Wagen anzuhalten und zu wenden. Ein Schild wies den Weg zur *Bocchetta di Altare*. Über diese Passstraße, die den Übergang der Alpen zum Apennin markierte, hatte er vor einiger Zeit etwas in einem Blog über Radtouren gelesen. Caponnetto schätzte daher, dass San Giuseppe noch etwa zehn Kilometer entfernt war.

›Ich fahre besser zurück, auch wenn ich auffalle und dann verbrannt bin. Ich muss wissen, warum er da angehalten hat‹, dachte er und erinnerte sich an frühere Einsätze.

Wäre dies eine offizielle Beschattung, würde er mit einem oder mehreren Kollegen zusammenarbeiten. Sie würden in Funkkontakt bleiben und mal vorausfahren und mal hinterher. Das wäre weniger auffällig, als Serra immerzu mit dem gleichen Wagen zu verfolgen – noch dazu in einer so menschenleeren Gegend wie hier zu dieser Jahreszeit.

Jetzt fiel Caponnetto ein weiteres Schild auf, das am Straßenrand Werbung machte für »*Il Postino. Cucina Tipica Ligure*«. Er war sicher, dass er auf der Herfahrt ein solches Schild nicht gesehen hatte. Inzwischen war es 13 Uhr und Caponnetto war hungrig.

›So ein Schild wäre mir aufgefallen. Wie konnte Roberto wissen, dass es dieses Lokal hier draußen gab? Oder hat er nur zum Pinkeln angehalten? Dann müsste er längst wieder weitergefahren sein …‹

*

Roberto hatte nicht vorgehabt, etwas zu essen, sondern war tatsächlich nur von der Landstraße abgefahren, um eine kurze Pause zu machen. Dann war ihm eingefallen, dass es in San Giuseppe vermutlich für ihn nichts zu essen geben würde – weder im Haus des Onkels noch im Dorf, wo die Läden traditionell über Mittag für zwei bis drei Stunden schlossen.

Er war hinüber gelaufen zum Eingang des Lokals, wo auf der Tageskarte unter anderem für eine Suppe mit Kräuteromelette geworben wurde. So eine *zuppa alla genovese* schien ihm sehr passend – nicht zu schwer, aber doch nahrhaft und hoffentlich schnell zubereitet.

*

Nur wenige Minuten, nachdem Roberto Serra im Restaurant Platz genommen hatte, war ihm Caponnetto wieder auf den Fersen. Er hatte seinen Alfa Romeo auf dem großen Parkplatz des *Il Postino* geparkt, war ausgestiegen und öffnete nun die Holztür des Restaurants.

Dahinter lag ein sehr einfaches, furchtbar geschmacklos eingerichtetes Lokal, für das die Bezeichnung *ristorante* eine maßlose Übertreibung war. Dass es *Il Postino* überhaupt gab, hatte der Wirt der besonderen Lage zu verdanken. Zum einen bot die Terrasse im Sommer sicher eine phänomenale Aussicht auf den Sonnenuntergang, zum anderen war sie ein praktischer Zwischenstopp für Wanderer oder Rennradfahrer, die sich noch einmal stärken wollten, bevor sie den Pass in Angriff nahmen.

Caponnetto sah Roberto in der linken Ecke an einem Tisch, bereits über einem Teller mit Suppe gebeugt. Auf der schwarzen Tafel neben dem Eingang waren mit weißer Schrift drei Gerichte als Empfehlung des Tages aufgeführt.

Neben der *zuppa alla genovese* standen dort *fritto misto* und *ossobuco di agnello* – wobei die geschmorte Lammhaxe nicht wirklich eine ligurische Spezialität war, sondern ihren Ursprung in der Lombardei hatte. Caponnetto sah dadurch seine Theorie bestätigt, dass *Il Postino* vor allem dank einer wechselnden touristischen Laufkundschaft und wegen der Turiner und Mailänder Stammgäste, die ihre Zweitwohnungen hier in den Bergdörfern hatten, überlebte.

Insgesamt waren drei Tische belegt: gleich neben Serra saßen ein Mann und eine Frau, beide etwa Mitte vierzig und dem Aussehen nach aus Nordeuropa stammend. Beide hatten Wanderstiefel an und kleine Rucksäcke auf den Plätzen neben sich abgelegt. Am dritten Tisch, der nahe beim Tresen stand, saß ein rundlicher Mann, der sich schwerfällig erhob, als Caponnetto im rechten Teil des Lokals Platz genommen hatte.

›Wenn er keinen *secondo* nimmt, sondern gleich nach der *zuppa* weiterfährt, muss ich meinen Teller stehen lassen, um ihm nachzufahren. Spätestens dann wird er auf mich aufmerksam‹, dachte er und winkte daher ab, als der Wirt ihm die Karte hinhielt.

Obwohl er durchaus Lust auf das *ossobuco* hatte, bestellte Caponnetto nur ein Mineralwasser und einen

Espresso. Der Wirt bestätigte die Bestellung mit einem abfälligen Kopfnicken.

Caponnetto trank zuerst den Espresso und leerte dann das Wasserglas in drei schnellen Zügen. Auf dem Weg zur Toilette bat er den Wirt um die Rechnung.

Giacomo Gastone stand hinter dem Tresen und bonierte gerade die Rechnung, um die ihn Roberto Serra schon gebeten hatte.

Caponnetto war sich sicher, dass Serra weiter Richtung San Giuseppe fahren würde.

›Ich sollte vor ihm wieder auf der Straße sein. Und dann fahre ich so langsam, dass er mich überholen wird.‹ Er nahm an, dieses Vorgehen würde weniger auffällig sein, als zu warten, bis Serra vom Parkplatz fuhr und dann dem A1 die nächsten zehn Kilometer zu folgen.

Als Caponnetto aus der Toilette kam, lag seine Rechnung bereits auf dem Tisch und Gastone stand bei Serra. Er legte vier Euromünzen neben sein Wasserglas und lief Richtung Ausgang. Auf dem Weg zur Tür vermied er jeglichen Blickkontakt mit Roberto, in dem er scheinbar umständlich sein Telefon aus der Tasche holte und so tat, als ob er es entsperrte. Dann sagte er in eine unbestimmte Richtung »*Grazie, arrivederci*« und verließ das Lokal.

*

Sestri parkte den Fiat in der Tiefgarage der *Questura* und lief auf dem kürzesten Weg in die Cafeteria.

Nobile war bereits aus dem Wagen gestiegen, nachdem sie das große Eisentor zum Polizeipräsidium in Savona passiert hatten und stand nun vor dem Büro des *Commissario.*

Gerade als Nobile anklopfen wollte, öffnete Bonfatti die Tür, so dass sie einen schnellen Schritt rückwärts machen musste, um die Tür nicht gegen die Nase zu bekommen.

»Ah, da sind Sie ja, *Ispettore.* Ich habe auf Sie gewartet.«

»*Buongiorno Commissario!*«

»Wollen wir auf einen *caffè* hinüber gehen in die Bar und Sie erzählen mir auf dem Weg alles, was ich wissen muss? Haben Sie schon etwas gegessen?«

»Äh nein, eigentlich nicht und Sie, *Signor Commissario*«

Bonfatti dachte an sein aufgeweichtes Tomate-Mozzarella *panino*, entschied aber, dass ein zweites *panino,* auch wenn es frisch aus der Bar sicher besser schmecken würde, zu viel des Guten gewesen wäre, und sagte daher nur »Ja, schon irgendwie …«, wobei er zum Ende des Satzes immer leiser wurde und die Silben vernuschelte.

Bonfatti informierte den Diensthabenden darüber, dass er und Nobile in einer Viertelstunde wieder zurück im Büro wären. Dann verließen beide die *Questura* und liefen in Richtung *Il Gabbiano.*

»Übrigens, heute Abend würde ich Sie gerne zum Essen einladen«, eröffnete Bonfatti das Gespräch.

Nobile schaute ihren Vorgesetzten überrascht an.

»Ich würde Sie gerne einem Freund vorstellen, einem früheren Kollegen«, führte Bonfatti seinen Satz fort.

»Also geht es um den Fall?«, fragte Nobile.

Bonfatti bemerkte, dass er seine Einladung sehr ungeschickt formuliert hatte und begann noch einmal von vorne.

»Ich habe einen Freund, der Sonderermittler bei der

ROS gewesen ist. Wir haben schon früher zusammengearbeitet, erst in Palermo und dann in Rom. Ich habe ihn gebeten, Roberto Serra hinterherzufahren, als ich wusste, dass wir ihn würden gehen lassen müssen.«

»Aha, also quasi eine inoffizielle Ermittlung?«, versuchte Nobile zusammenzufassen, was sie verstanden hatte.

Bonfatti zog die Augenbrauen zweimal schnell nach oben.

»Nein, nein. Wo denken Sie hin?«, Bonfatti tat so, als wäre er entrüstet. »So etwas wäre ja nicht legal.«

Dann schaute er versonnen in die Ferne.

»Stellen Sie sich vor: ein Mann ist pensioniert, er hat viel Zeit, er fährt mit dem Auto durch die Gegend. Mal hält er hier, mal da, mal dort.« Dabei machte der *Commissario* mit dem Zeigefinger der rechten Hand eine Bewegung, als ob er Seifenblasen zum Platzen brachte.

»*Ho capito*«, Nobile nickte mit dem Kopf.

»Eben. Sie verstehen – das dachte ich mir. Und heute Abend wollten wir uns in Pietra Ligure treffen und eine Kleinigkeit essen.«

»Und Ihr Freund erzählt uns etwas über die Schönheit der Ligurischen Alpen?«

»Ja, so ungefähr. Aber jetzt zu Ihren Ermittlungen. Was haben Sie herausgefunden?«

Nobile erstattete knapp Bericht und endete, als sie vor der Bar eingetroffen waren, mit dem Resümee: »Ich denke, wir können die Haushälterin von der Liste der Verdächtigen streichen.«

»Ja, klingt so. Außer, sowohl ihr Freund, als auch der Kellner in der Pizzeria haben ein Motiv, ihr ein falsches Alibi zu geben.«

Nobile fiel ein, dass die mutmaßliche Erpressung und Nötigung durchaus ein solches Motiv sein konnten. Die Bemerkung des *Commissario* brachte sie ins Grübeln.

›Vielleicht hat er Recht und ich habe Livia Auci schon zum zweiten Mal voreilig von der Liste der Tatverdächtigen gestrichen.‹

Sie räusperte sich. Gerade, als sie zu einer Antwort ansetzen wollte, klingelte Bonfattis *cellulare*.

»Ciao Peppino. Wo steckst Du?«

»Ciao Antò, wir sind kurz vor San Giuseppe.«

»Wir? Ist jemand bei Dir im Wagen?«

»Nein, nein. Serra fährt hinter mir. Er hätte mich längst überholen können, aber leider scheint er es nicht eilig zu haben.«

»Also, er fährt jetzt hinter Dir? Ich weiß ja nicht, was sie Euch *Carabinieri* in der Ausbildung beibringen, bei der *Polizia* lernen wir, dass der Gendarm dem Räuber folgt und nicht umgekehrt.«

»Du kannst Dir Deine lauen Witze sparen. Sag mir lieber nochmal die Adresse des Opfers. Dorthin wird der Neffe ja vermutlich fahren.«

Bonfatti gab Caponnetto die Adresse durch und bedeutete seiner Kollegin mit Handzeichen, dass sie ihm bitte einen Espresso bestellen sollte. Nobile entschied sich für ein *tramezzino* mit Lachs.

*

Caponnetto war bis ins Dorf vorausgefahren und parkte den Wagen hinter einer Mülltonne, die ihm Deckung und zugleich eine gute Sicht auf den Eingang des Hauses mit der Nummer 13 bot. Leider verbreitete sie aber auch einen fürchterlichen Gestank.

›Nur gut, dass nicht Sommer ist, sonst wäre das nicht zu ertragen‹, dachte Caponnetto und schaute auf die Uhr. Vor genau zehn Minuten hatte Roberto Serra das Haus betreten, aber ohne Gepäck.

Auf dem Parkplatz des *Il Postino* hatte Caponnetto beim Vorbeifahren auf den Rücksitz des A1 gespäht und die Reisetasche entdeckt, die lag nun immer noch im Wagen. Er rief Bonfattis Nummer auf.

»Lass mich raten. Du freust Dich, dass Du richtig getippt hast und konntest es nicht erwarten, mir das zu sagen«, frotzelte der *Commissario*, »also er ist jetzt im Haus des Onkels?«

»Ja, seit zehn Minuten, aber er hat seine Tasche nicht mitgenommen. Ich nehme also an, dass er gleich nochmal rauskommt.«

»Hat er die Rollläden hochgezogen?«

»Woher soll ich das wissen? Ich sehe nur die eine Seite. Warte mal, jetzt öffnet sich die Tür. Ja, er ist es.«

»Also, dann bleib schön an ihm dran, Peppino.«

»Ja, ja«, sagte Caponnetto, der inzwischen wirklich hungrig war.

*

Nobile bestellte nun ebenfalls einen Espresso. Die letzten fünf Minuten hatte Bonfatti ihr dabei zugesehen, wie sie ihr *tramezzino* mit Lachs und Frischkäse gegessen hatte und sich überlegt, was er am Abend in der *osteria* bestellen würde.

»Wussten Sie, *Commissario*, dass dort die beiden am längsten in Betrieb stehenden Seilbahnen der Welt stehen?«

Bonfatti, der in Gedanken noch immer durch das Menu der *Osteria Il Golfo* wanderte, fragte

»In Pietra Ligure? »

»Wieso in Pietra Ligure? Nein. In San Giuseppe. Die ältere der beiden Lorebahnen wurde schon 1912 gebaut«, erläuterte Nobile.

»Loren? Sind das diese Kübel, die über die A6 laufen?« fragte Bonfatti, während er nachzuvollziehen versuchte, wie sie auf dieses Thema gekommen waren

»Ja, genau. Damit wird zum Beispiel Kohle aus dem Hafen von Savona in das Hinterland transportiert, wobei auch die *Autostrada 6* überquert wird.« Nobile schaute Bonfatti an und wartete darauf, dass er die entscheidende Frage stellte.

Bonfatti musste nicht mehr fragen, was diese Seilbahnen mit ihrem Fall zu tun hatten. Er hatte verstanden.

»*Brava!* Sehr gute Idee!«

Der *Commissario* zog sein *cellulare* aus der Jackentasche. »*Andiamo?*«

Auf dem Rückweg zum Präsidium wählte er die Nummer des Diensthabenden.

*

Roberto Serra war, nachdem er das Haus in der *Via Dell‹ Indipendenza* verlassen hatte, die Straße rechts hinuntergefahren in Richtung *farmacia*.

Für Caponnetto war dieses menschenleere Dorf ein

Problem. Jedes Auto fiel auf. Und auch jeder Fußgänger. Es war ihm praktisch unmöglich, Serra zu folgen, ohne aufzufallen. Noch konnte er Serra vom Auto aus sehen.

›Bald wird er aus meinem Sichtfeld verschwunden sein.‹ Caponnetto startete den Wagen.

Anhand von Google Maps hatte er sich schon am Morgen einen Überblick über das Operationsgebiet verschafft: San Giuseppe war ein Ortsteil von Cairo Montenotte. Der Friedhof lag von Serras Haus aus betrachtet nördlich. Dementsprechend lagen auch alle drei Bestattungsinstitute, die es am Ort gab, im Norden. Caponnetto hatte erwartet, dass Serra zu einem der Bestatter fahren würde, stattdessen war er nun unterwegs Richtung Süden.

‹Was hast Du vor, Roberto?›, überlegte Caponnetto, während er versuchte, so viel Abstand wie nötig zu halten, ohne Serra dabei aus den Augen zu verlieren.

Auf Höhe der Apotheke sollte ein Zebrastreifen das Überqueren der SP29 erleichtern. Aus stadtplanerischer Sicht machte das sicherlich Sinn, für Caponnetto aber war es ein Problem. Er hielt so viel Distanz zu Serra, dass er kaum Puffer hatte für unvorhergesehene Störungen. Und nun gab es gleich zwei, eher drei Störungen.

Zwei ältere Damen tauchten auf der rechten Seite hinter einer Hecke auf und liefen, sich gegenseitig stützend, auf die Straße. Vermutlich kamen sie gerade aus der *farmacia* und schickten sich an, die Straße eben dort – etwa zehn Meter vor dem Zebrastreifen – zu überqueren. Caponnetto musste scharf bremsen, lächelte den Damen aber freundlich zu. Sie mit Flüchen zu überschütten, hätte auch nichts geändert. Die Damen blieben stehen und winkten freundlich zurück.

Caponnetto sah den A1 am Ende der langen Straße immer kleiner werden. Gerade als die beiden Damen die andere Straßenseite erreicht hatten, fuhr dort ein Traktor vom Parkplatz eines Landmaschinenhändlers. Als der sich endlich auf der Straße eingefädelt hatte und Caponnetto ihn überholen konnte, war Serra verschwunden.

Nachdem Caponnetto etwa einen halben Kilometer weitergefahren war, musste er sich entscheiden: Er konnte auf der SP29/ *Via Nazionale* bleiben oder in eine kleinere Straße, die *Via 25 Aprile*, abbiegen, welche laut Beschilderung in Richtung Ortskern führte. Unter dem Schild »*Centro*« war ein weiteres Schild angebracht, das den Weg zur lokalen Station der Verkehrspolizei hinwies.

›Auf Polizei wird Serra keine Lust haben, also fahre ich auch gerade aus‹, dachte Caponnetto.

Er wusste, dass seine Entscheidung unlogisch war. Serra würde wohl kaum aus Verlegenheit in der Gegend herumfahren, sondern ein bestimmtes Ziel ansteuern, und zwar unabhängig davon, ob sich eine Polizeistation auf dem Weg befand oder nicht. Aber Caponnetto fiel nichts Besseres ein, um spontan zu entscheiden, welche Straße er nehmen sollte, und so folgte er seinem Instinkt.

Nach etwa zweihundert Metern ermöglichte ihm eine Tankstelle auf der rechten Seite, den Wagen unauffällig anzuhalten und dabei zugleich ein ziemlich großes Areal überschauen zu können: schräg gegenüber der Tankstelle war ein Umspannwerk, dahinter Eisenbahnschienen und dann bewaldete Hügel. Die Straße runter lagen einige Geschäfte und dahinter konnte er einen Kirchturm sehen.

›Das müsste San Giovanni Battista sein‹, überlegte

Caponnetto, der sich an ein Schild erinnerte, auf dem die Gottesdienstzeiten für diese Kirche angezeigt wurden.

In der anderen Richtung befand sich ein Fabrikgebäude und hinter dem Umspannwerk führte eine Straße in eine Sackgasse, an deren Ende einige Wohnhäuser standen.

Caponnetto kniff die Augen zusammen. ›Ist er das? Ja, wirklich – das ist er‹. In der Mitte dieser Sackgasse stand Roberto Serra und schien zu telefonieren.

Offenbar hatte die Person, die er erreichen wollte, seinen Anruf nicht angenommen, denn schon steckte er das *cellulare* wieder in den Mantel und lief weiter zum Ende der Sackgasse.

›Vermutlich hat er dort den Wagen geparkt‹, dachte Caponnetto und setzte sich ebenfalls wieder in seinen Alfa Romeo, um die Verfolgung fortsetzen zu können. Daraus wurde allerdings nichts, denn Serra steuerte kein anderes Ziel an. Stattdessen fuhr er ganz unspektakulär zurück zum Haus seines Onkels, das nun bald ihm gehören würde.

Nachdem Caponnetto wieder seinen Posten hinter der stinkenden Mülltonne bezogen hatte, rief er Bonfatti an, um ihm Bericht zu erstatten. Sein Freund beantwortete den Anruf mit einer, wie Caponnetto es nannte, ›halbautomatischen‹ SMS.

»Ich kann gerade nicht sprechen.« Darauf folgte eine zweite SMS, die deutlich kürzer war. Sie bestand aus nur einem Zeichen: »Q«

›Aha, beim *Questore* ist der Herr *Commissario*. Na dann hoffe ich mal, dass er sein Temperament zu zügeln weiß‹, dachte Caponnetto, schmunzelte und entschied sich, weil

er keine Zeit verlieren wollte, im Polizeipräsidium anzurufen.

*

Francesca Nobile war fast fertig damit, das Protokoll zu
der Befragung von Lavinia Aurii zu schreiben, als ihr Telefon läutete. Es war der Diensthabende, der fragte, ob er
einen Anrufer durchstellen dürfe. Der Mann habe seinen
Namen nicht nennen wollen, aber darauf bestanden, mit
Ispettore Nobile zu sprechen. Sie ließ durchstellen.

»*Pronto*. Hier spricht *Ispettore* Nobile«

»*Buongiorno Ispettore*, entschuldigen Sie bitte, dass ich
Sie einfach so anrufe. Hier spricht Caponnetto.«

»*Buongiorno Capitano*«, erwiderte Nobile, um sich sogleich zu ärgern, dass sie den Mann, der ja nun im Ruhestand war, mit seinem Dienstgrad angesprochen hatte.

›Zum Glück war Sestri gerade nicht an seinem Platz‹,
dachte Nobile.

»Richten Sie meinem lieben Freund bitte aus, dass ich
eine kleine Spazierfahrt unternommen habe und jetzt wieder gut zu erreichen bin.«

»Sie können frei sprechen. Ich bin allein«, erwiderte
Nobile, die Caponnettos routinierte Umsicht bewunderte.

»Na, umso besser. Hören Sie zu, Nobile. Ich bin Serra
gefolgt bis zu einem Wohnhaus. Ich nehme an, er hat geklingelt, aber es hat ihm niemand aufgemacht. Genau habe
ich es leider nicht sehen können.«

»Verstehe. Nicht ganz klar, ob und wo geklingelt«, warf
Nobile ein, die sich mit einem Bleistift Notizen für den
Commissario machte.

»Er hat noch vor dem Haus telefoniert oder zumindest versucht, jemanden anzurufen.«

Caponnetto musste an verschiedene Signale denken, die er und Bonfatti über die Jahre etabliert hatten, wie z.B. das Q in der SMS als Abkürzung für Termine mit dem Polizeipräsidenten.

»Also, ich meine, ich bin nicht sicher: entweder hat er niemanden erreicht oder es war ein sehr, sehr kurzes Gespräch.«

»Ok, ich verstehe. Und wo ist er jetzt?«

»Er ist dann wieder in seinen Audi gestiegen und zurück zum Haus des alten Serra gefahren. Also, ich denke, er wollte jemanden zuhause besuchen. Und als er die Person nicht angetroffen hat, hat er versucht, ihn oder sie telefonisch zu erreichen«, schloss Caponnetto seinen Bericht.

Nobile zögerte, weil sie überlegte, wie sie die Frage formulieren sollte, ohne ihr Gegenüber in Verlegenheit zu bringen.

»*Pronto* Nobile, sind Sie noch dran?«

Nobile hüstelte, »Entschuldigen Sie bitte. Ja, ich bin noch dran. Hatten Sie eventuell die Möglichkeit, eine Adresse zu erkennen?«

»Aber ja. Wie ich schon sagte, bin ich leider nicht sicher, was die Hausnummer angeht, aber bei der Straße gibt es keinen Zweifel. Haben Sie etwas zu schreiben?«

Als Nobile ansetzte, die Straße aufzuschreiben, die Caponnetto ihr nannte, brach sie den Bleistift ab. Ihr Gesicht verlor alle Farbe und kleine Schweißperlen bildeten sich auf ihrer Stirn.

In diesem Moment kam Sestri zur Tür herein und Nobile sagte so gefasst, wie es ihr gerade noch möglich war: »Ja, danke, Sie haben der Polizei sehr geholfen. Wir schauen uns das an.«, und nach einer kurzen Pause ergänzte sie »Nein, eine Belohnung kann ich Ihnen leider nicht versprechen. Guten Tag.«

Sie legte den Hörer auf, vermied es, Sestri anzuschauen und tat so, als wäre sie wieder in das Schreiben des Protokolls vertieft. Sie konnte die Fenchelsalami riechen, mit der Sestris *panino* belegt war.

Zwischen zwei Bissen fragte er »War das ein Zeuge?«

»Ja, wieder so einer, der meint, dass sein Nachbar streunende Hunde einfängt und im Keller zu Salami verarbeitet.«

Nobile wusste, dass ihre Bemerkung Sestri vermutlich den Appetit verderben würde, aber es war der sicherste Weg, ihn zum Schweigen zu bringen. Und sie brauchte jetzt vor allem Ruhe, um ihre Gedanken zu sortieren.

*

Nach dem Telefonat mit Nobile hatte Caponnetto noch eine Viertelstunde vor dem Haus gewartet und dann entschieden, dass es für ihn in San Giuseppe nichts weiter zu tun gab.

Gerade als er wieder Richtung Savona aufbrechen wollte, fiel ihm ein, dass er selbst noch immer nicht auf die Nachricht von Stefania geantwortet hatte. Im selben Moment rief Bonfatti an.

»*Ciao* Antonio. Hat Dich *Ispettore* Nobile informiert?«

»Nobile? Nein, wieso. Ich war bis eben beim *Questore* und habe Dich dann gleich angerufen. Ich stehe hier noch auf dem Flur vor seinem Büro.«

»Ah verstehe. Weil ich Dich nicht erreichen konnte, habe ich Nobile angerufen. Hoffe, das war ok?«, fragte Caponnetto.

»Ja sicher, sie weiß ja Bescheid. Also was gibt's?«

»Er ist zu einem Wohnhaus am anderen Ende des Ortes gefahren – in die *Via Chiabrera*. Dort hat er vermutlich an einer Haustür geklingelt, aber ich bin nicht sicher. Ich war zu weit weg und auch etwas zu spät«, ergänzte Caponnetto zerknirscht.

»Danke, Peppino. Ich glaube, die Hausnummer kennen wir bereits.« entgegnete der *Commissario*.

»Ah, ja?«

»Ja, die Haushälterin wohnt in der *Via Chiabrera* 10.«

Der *Commissario* erinnerte sich zum zweiten Mal an die These, die Pietro Neri beim Abendessen in Genua so leidenschaftlich vertreten hatte.«

»Denkst Du, was ich denke?«, fragte Bonfatti.

»Pietro Neri?«, antwortete Caponnetto.

»Ja genau! Könnte doch sein, dass es so war: Die beiden haben die Tat gemeinsam geplant und als Roberto wegen der Sache mit dem Magen ausgefallen war, hat Livia den Plan alleine durchgezogen«, versuchte Bonfatti die ursprüngliche These von Neri fortzuspinnen.

»Ich mag Pietro, er ist ein kluger Kopf. Aber als er die These aufstellte, wusste er nicht, dass beide ein Alibi haben«, warf Caponnetto ein.

»Trotzdem bin ich gespannt, was Roberto jetzt als Nächstes macht«, sagte Bonfatti.

»*Non lo so*. Aber ich weiß, was ich jetzt mache. Ich breche auf. Das hier bringt nichts mehr«, entgegnete Caponnetto.

»Ich denke, Du hast Recht, Peppino. Warum gönnst Du Dir nicht etwas Ruhe. Bestimmt hast Du auch Hunger.«

Caponnetto spitzte die Ohren.

»In Cogoleto«, fuhr Bonfatti fort, »gibt es ein ausgezeichnetes Restaurant. Da könntest Du hinfahren …«

»Du denkst wohl, ich bin total verblödet? Ich erinnere mich sehr wohl, dass Du gesagt hast, dass Serras Ferienhaus in Cogoleto war«, sagte Caponnetto lachend.

»Von wegen ›Du sorgst Dich um meinen Hunger‹. Du willst doch nur, dass ich die Strecke abfahre vom Haus des Onkels zum Ferienhaus. Dann sag es doch gleich!«

Der *Commissario* hatte inzwischen den Flur durchquert und war durch das Treppenhaus ein Stockwerk nach unten gelaufen. Jetzt stand er vor der Tür zu seinem Büro und grinste schelmisch.

»Caponnetto?«

»Ja?«

»Könntest Du bitte die Strecke vom Haus des Onkels zum Ferienhaus von Roberto Serra abfahren? Die genaue Adresse schicke ich Dir.«

»Bonfatti?«

»Ja?«

»*Sei uno stronzo*!«

»*Grazie* Peppino. Aus Deinem Mund klingt das wie ein Kompliment. Wir sehen uns dann um 19 Uhr wieder in der *osteria*? *Ispettore* Nobile kommt auch.«

»*Va bene, a più tardi*!«

*

Caponnetto wusste ganz genau, warum Bonfatti so viel daran gelegen war, die Strecke abzufahren, die Roberto eventuell genommen hatte.

Sollte der Neffe doch am Mord an seinem Onkel beteiligt gewesen sein, war er vermutlich in der Tatnacht von seinem Ferienhaus zum Onkel gefahren. Das ging praktisch nur mit dem Auto oder einem Motorrad. Also war es wichtig zu wissen, ob es auf der Straße etwas gab, das brauchbar war als Indiz, vielleicht sogar als Beweis dienen konnte.

Geblitzt worden war Roberto leider nicht. Das hatten Nobile und Sestri schon überprüft. Zwar gab es mehrere stationäre Blitzanlagen auf der SP29 und der E80, aber da fanden sich keine Aufnahmen von einem A1 mit deutschem Kennzeichen.

Lediglich vier Autos waren Sonntag geblitzt worden: ein Wohnmobil aus Deutschland, ein Porsche Taycan und ein BMW Z4 – beide mit Schweizer Kennzeichen sowie ein Fiat 14 Spider mit italienischer Zulassung.

Der Mann hinter dem Steuer des Fiat war deutlich älter und kleiner als Roberto Serra und hatte eine Glatze. Eine Verwechslung war praktisch ausgeschlossen.

Auch die Idee von *Ispettore* Nobile, dass es vielleicht eine Webcam geben würde, die Bilder der historischen Seilbahn mit der darunterliegenden Straße aufzeichnete, hatte keine Hinweise gebracht. Tatsächlich hatte es so eine Webcam gegeben. Hobbyforscher, die sich für Montanarchäologie begeisterten, hatten sie vor einigen Jahren installiert. Aber diese Webcam lieferte schon lange keine Bilder mehr.

›Wäre ja auch zu einfach gewesen, den Neffen durch

ein Foto oder eine Filmaufnahme zu überführen‹, dachte Caponnetto.

›Und da ist immer noch die Sache mit der Krankheit. Wenn nicht alle Freunde gelogen haben, wäre es Roberto nahezu unmöglich gewesen, die Strecke zu fahren – vorausgesetzt, er war ebenso krank wie sie.‹

Das Navigationssystem schlug Caponnetto die Route über die SP29, SP429 und E80 vor. Jetzt, am frühen Nachmittag, würde er dafür etwa eine Dreiviertelstunde brauchen. An einem Sonntagabend im Februar war auf den Straßen nichts los, da war die Strecke von etwa 45 Kilometern auch in einer guten halben Stunde zu schaffen. Natürlich gab es unzählige Varianten, die Roberto hätte nehmen können. Und doch war es sehr plausibel, dass er die kürzeste Strecke genommen hatte. Diese wäre am Sonntagabend zugleich die schnellste gewesen. Jeder zusätzliche Kilometer hätte das Risiko erhöht, entdeckt zu werden.

›Hätte, wäre, wenn … was mache ich hier eigentlich?‹, fragte sich Caponnetto, während er inzwischen etwa vierhundert Meter über dem Meeresspiegel die Serpentinen wieder nach unten fuhr. Er war nun wirklich hungrig und das machte schlechte Laune.

›Früher im Einsatz wäre mir so etwas nie passiert, da hätte ich immer einen Müsliriegel dabeigehabt oder wenigstens ein paar Nüsse‹ dachte er, was seine Laune noch weiter verschlechterte.

*

Bonfatti und Nobile saßen im Büro des *Commissario* und versuchten, die letzten Erkenntnisse einzuordnen.

Da war zum einen der Ausflug des Neffen in die *Via Chiabrera*: Warum suchte Roberto die Haushälterin auf? Woher hatte er die Adresse oder kannten sich die beiden schon? Wenn sie sich kannten, vielleicht doch Komplizen waren, warum wusste er dann nicht, dass sich Livia in Savona bei ihrer Freundin aufhielt?

Zudem hatte Nobile Nachricht vom Notar erhalten und mit ihm telefoniert. Offenbar hatte Umberto Serra in den letzten Wochen mehrfach sein Testament ändern wollen: Laut Notar hatte Umberto Serra seinem Neffen bei der ersten Änderung alles entziehen wollen, bis auf das Guthaben auf seinem Konto bei der *Cassa di Risparmio di Savona* – immerhin fünfzigtausend Euro.

Bei der Befragung hatte sich der Notar erinnert, dass Serra über Roberto gesagt hatte »soll er meinetwegen das Geld verspielen, aber nicht das Haus«.

Nobile kam jetzt zum Wesentlichen. »Serra hat mit dem Notar telefoniert und gebeten, eine Änderung vorzubereiten. In dieser Fassung des Testaments sollte das Haus an Lavinia Aurii gehen.«

Als Nobile den Namen genannt hatte, beugte sich Bonfatti nach vorne, so als habe er nicht richtig verstanden.

»Sie wissen, was das bedeutet, *Ispettore*?«

»Serra wusste von dem falschen Namen.«

»Aber dann hat er das Testament doch nicht geändert?«, fragte der *Commissario* und schaute Nobile erwartungsvoll an.

Der Notar hatte erläutert, dass Umberto Serra einen Tag vor dem Termin, den sie für die Unterschrift in der Kanzlei angesetzt hatten, wieder angerufen hatte. »Blut ist dicker als Wasser. Er soll das Haus kriegen, auch wenn er es nicht verdient«, soll Serra damals mürrisch gesagt haben.

»Und Auci – ich meine Aurii wäre leer ausgegangen?«, fragte Bonfatti.

»Nein, sie sollte den Schmuck von Serras Frau bekommen.«

»Sonst nichts?«

»Nein. Sonst nichts.«

Bonfatti und Nobile waren sich einig, dass dies alles sehr verwirrend war und fragten sich, was sich abgespielt haben mochte in jenen Wochen: War der alte Mann manipuliert worden? Hatte er tatsächlich ein schlechtes Gewissen gehabt – gegenüber der Haushälterin? gegenüber seinem Neffen?

Der *Commissario* bat seine junge Kollegin, sich ein kariertes Blatt Papier und einen Stift zu nehmen.

»Wir sollten die Ereignisse in chronologischer Reihenfolge aufschreiben, um das, was wir über alle Beteiligten wissen, in einer Zeitleiste abzubilden. Ich nehme an, man hat Ihnen beigebracht, wie man so etwas macht?«

Nobile räusperte sich und schaute Bonfatti etwas verlegen an.

»Ich habe damit schon heute Früh auf dem Tablet begonnen, *Signor Commissario.*«

Sie nahm ihr Tablet und zeigte ihm die Zeitleiste. Links außen ohne Termin stand ›Streit am Telefon‹, dann mit Datumsangabe 17. Februar ›Ankunft Roberto in Ligurien‹ und weiter rechts stand ›24.2 Roberto sucht Livia auf‹. Dazwischen hatte Nobile alles eingetragen, was sie bisher ermittelt hatten: den Krankheitsverlauf von Roberto und seinen Freunden, Livias Fahrt nach Savona und auch die Festnahme von Roberto am Grenzübergang.

Bonfatti nickte anerkennend, »Können Sie mir das bitte schicken? Ich möchte es mit Caponnetto teilen«.

»Als Vorbereitung für heute Abend?«, fragte Nobile.

Der *Commissario* streckte ihr einen erhobenen Daumen entgegen »Ganz genau, für unsere Besprechung heute Abend. Haben Sie ein Auto *Ispettore*, oder soll ich sie mitnehmen nach Pietra?«

Nobile zögerte kurz und entschied dann, das Angebot anzunehmen. Ihr Wagen war in der Werkstatt und sie wollte vor dem Abendessen nochmal nach Hause, duschen und die Uniform gegen Zivilkleidung tauschen.

»Danke, *Signor Commissario*, wenn es Ihnen nicht zu viele Umstände macht. Ich wohne in der Nähe der *Piazza Mameli*.«

Die beiden verabredeten sich auf 19 Uhr, Nobile würde gegenüber von dem Denkmal für die Gefallenen warten – vor dem Eingang der italienischen Zentralbank.

1870 eröffnet, hatte der *palazzo* bis 2008 als regionale Repräsentanz der *Banca d›Italia* fungiert. 2014 war der erste Versuch, das imposante Gebäude zu verkaufen, gescheitert. Danach schien die Verwaltung der Zentralbank in Rom ihre Liegenschaft in zentraler Lage in Savona wieder vergessen zu haben. Das Gebäude bot auf vier Stockwerken insgesamt über fünftausend Quadratmeter Fläche – mehr, als man für sieben Tennisplätze benötigte. Nach insgesamt dreizehn Jahren Leerstand war 2021 ein neuer Anlauf unternommen worden, das Gebäude zu verkaufen. Zuletzt hatte *La Stampa* berichtet, der *palazzo* solle von einem italienisch-saudischen Konsortium übernommen werden, aber zumindest von außen, gab es keine Hinweise, dass ein Umbau oder eine Renovierung im Gange war.

Vor diesem historischen *palazzo* würden sich Francesca Nobile und Antonio Bonfatti am Abend treffen – beide in Zivil und außerhalb der Dienstzeit. Dann würden sie nach Pietra Ligure fahren, um einen Capitano der Carabinieri ›außer Dienst‹ zu treffen, um einen Fall zu besprechen.

›Klingt irgendwie verrückt.‹ Nobile schüttelte den Kopf und lächelte bei dem Gedanken, an das, was sie alles erlebt hatte, in den wenigen Tagen seit der *Commissario* sie zu diesem Fall hinzugezogen hatte.

*

Caponnetto hatte drei Versionen einer Antwort an Stefania geschrieben, sie wieder gelöscht und dann entschieden sie anzurufen.

›Vielleicht ist sie ja beschäftigt und kann meinen Anruf nicht annehmen, dann würde der Ball wieder in ihrem Feld liegen‹, war sein taktisches Kalkül.

In Mailand wusste die Staatsanwältin sofort, wer sie anrief, denn Giuseppe Caponnetto gehörte zu den wenigen Personen, denen sie einen speziellen Klingelton zugewiesen hatte. Es war einer der Italo Disco Songs der 1980er Jahre – One for You, One for Me. Gewiss etwas kitschig und Stefania konnte sich lebhaft vorstellen, wie ihre Freundin Silvia das mit ihrer Küchenpsychologie deuten würde, tatsächlich war es reiner Zufall gewesen. Das Lied von La Bionda war im Radio gelaufen, als sie am Dienstagmorgen in ihrem Hotel in Genua dabei war, die neue Mobilnummer von Caponnetto in ihrem Telefon zu speichern.

»Ciao Giuseppe, schön, dass Du anrufst. Ich dachte schon, Du hättest Dein *cellulare* verloren oder ich hätte die falsche Nummer gespeichert«, trällerte Stefania. Caponnetto ignorierte die schnippische Bemerkung.

»Ciao Stefania, wäre wirklich schön, wenn Du am Wochenende runter kommst. Es soll trocken bleiben und sonnig werden, na ja es ist immer noch Februar …«

Während er sprach, versuchte Caponnetto sich darüber klar zu werden, was genau er tatsächlich wollte: Wollte er Stefania wirklich wieder sehen? Sollte sie bleiben? Und was dann?

›Ach Caponnetto, mach es doch nicht so kompliziert‹, dachte Stefania und entschied, das Geplänkel abzukürzen.

»Du hör mal, ich habe mir Freitag spontan frei genommen und würde morgen hier so losfahren, dass wir uns zum Abendessen in Pietra treffen können. Du sagtest, ich kann bei Dir schlafen?«

Dieses Szenario hatte Caponnetto nicht vorhergesehen. Überrascht von Stefanias Direktheit, und um etwas Zeit zu gewinnen, wiederholte er, was er gehört hatte.

»Freitag frei und Du kommst schon Donnerstagabend«. Dann sagte er »Ja klar, im Haus ist genug Platz. Ich freue mich«, und setze dann nach »Eventuell bin ich mit Bonfatti und einer Kollegin in der *osteria*, um etwas zu besprechen.«

»Und da störe ich nicht, wenn Du diese Kollegin triffst?«

»Also dann, wir sehen uns Donnerstag. Melde Dich, wenn Du auf Höhe Cogoleto bist – ok?«, versuchte

Caponnetto das Gespräch möglichst neutral zu beenden und die neuerliche Spitze zu ignorieren.

»*Va bene, ciao* Giuseppe«, sagte Stefania knapp. Sie hatte genau registriert, wie ungerührt Caponnetto geblieben war und ärgerte sich ein klein wenig darüber.

*

Francesca Nobile stand an der Piazza Goffredo Mameli und fror. Der kühle Wind schien aus allen vier Richtungen anzugreifen.

Das schlimmste aber war: Sie hatte kalte Füße.

Nobile ging abends nicht oft aus, zumindest nicht im Winter und tagsüber trug sie Uniform. Daher kam es leicht vor, dass sie sich verschätzte, wenn sie vor dem Kleiderschrank stand und etwas auswählte oder aber sie wollte unbedingt ein bestimmtes Kleidungsstück anziehen, dass sie sich kürzlich gekauft hatte, auch wenn es ein Tick zu dünn oder zu dick war. So wie die Sneaker, die sie heute Abend trug. Nobile hatte sie im letzten September gekauft, dann aber nicht mehr oft getragen. Auch, weil der Sommer schneller als erwartet zu Ende gegangen und fast ohne Übergang zum Winter geworden war.

Ende Februar konnte sie, wie viele andere, kaum erwarten, dass der lange Winter Platz machte für den Frühling.

Aus dieser Vorfreude auf den kommenden Frühling hatte sie die Sneaker aus der Schublade geholt und stampfte nun mit den Füßen auf, um die Kälte zu vertreiben. Dann endlich sah sie Bonfattis Wagen von Norden her in die Piazza einbiegen. Der Wagen hielt, Bonfatti stieg aus, und lief um den Wagen um Nobile die Tür zu öffnen.

›Entweder ist er ein echter Gentleman‹, dachte Nobile, ›oder es ist noch eine alte Gewohnheit aus seiner Zeit als Personenschützer in Palermo‹.

»*Buona sera.* Ich hoffe, Sie warten nicht zu lange?«

»*Buona sera*, nein, überhaupt nicht.«

Beide schnallten sich an und Bonfatti lenkte den Wagen Richtung Pietra Ligure.

Die ersten Minuten ertrugen beide das unbehagliche Schweigen im Auto. Dann begannen sie fast gleichzeitig zu sprechen.

»Also Sie kennen …«

»Ich sollte Ihnen …«

Beide lachten. Bonfatti sagte »Bitte, Sie zuerst«.

»Also Sie kennen den *Capitano,* schon lange?«

»Oh ja, wir haben einiges erlebt.«

Dann erzählte der *Commissario,* dass er und Caponnetto sich in Palermo kennengelernt hatten, und später auch in Rom bei einer behördenübergreifenden Ermittlung gegen die Organisierte Kriminalität zusammengearbeitet hatten. Caponnetto hatte damals von Seiten der *ROS* die Ermittlungen geleitet und sich ausdrücklich Bonfatti als einen der Partner auf Seite der *Polizia di Stato* gewünscht. Für Bonfatti war es mit einem gewissen Risiko verbunden gewesen, sich darauf einzulassen. Einige Vorgesetzte hatten ihm damals abgeraten – ob aus Neid oder echter Sorge, konnte er nicht sagen.

Die beiden hatten sich in der Hauptstadt eine Wohnung in der *Via Tuscolana* genommen und dort ihre informelle Einsatzzentrale unterhalten – weit weg von den Korridoren der Dienststellen von *Polizia di Stato* und *Carabinieri.*

Denn dort, so waren beide überzeugt, hatten die Wände Ohren. Sorge machten ihnen dabei weniger ihre direkten Kollegen, als die Vertreter des italienischen Geheimdienstes, die dort ein und aus gingen.

Nach zwölf Monaten konnten sie die Arbeit erfolgreich abschließen. Für Bonfatti hatten die landesweiten Festnahmen, die den Ermittlungen folgten, die Beförderung beschleunigt. Caponnetto war nach Palermo zurückgekehrt, denn im Zuge der Ermittlungen hatten sich neue Erkenntnisse über die *Agromafia* ergeben. Diese führten zur Gründung einer neuen Sonderkommission, deren Leitung Caponnetto übernahm.

»Danke, dass Sie mir das alles erzählen. Darf ich fragen, warum ihr Freund schon pensioniert ist? Ich meine seiner Stimme nach ist er noch nicht so alt …?«, fragte Nobile während der Wagen weiter die SS1 an der Küste entlang Richtung Pietra fuhr.

»Da haben Sie gut aufgepasst. Das gefällt mir an Ihnen. Sie sind immer aufmerksam, achten auf die Details und auf das, was scheinbar nicht zusammenpasst.« sagte Bonfatti.

»Er hatte einen Unfall. Es ist ein großes Glück, dass er überhaupt noch lebt. Auf einer Küstenstraße gab es eine Kollision mit einem entgegenkommenden Lastwagen, Caponnettos Wagen stürzte einen Abhang hinunter, blieb aber glücklicherweise an einem Baum hängen.«

»Und der Lastwagen?«, fragte Nobile.

»Fuhr einfach weiter und wurde nie gefunden. Fischer hatten den Unfall von ihren Booten aus beobachtet und Hilfe gerufen.«

Bonfatti erklärte, dass Caponnettos rechtes Knie nach

dem Unfall zertrümmert war, und die Ärzte es durch eine Prothese ersetzen mussten. Diese Einschränkung hatte den *Capitano* untauglich gemacht für den Außendienst, worauf hin er sich noch während der Reha entschieden hatte in den Ruhestand zu gehen.

»Nur Innendienst, nach all den Jahren, da werde ich Wahnsinnig« hatte er damals zu Bonfatti gesagt und der hatte nur stumm genickt.

Der *Commissario* hatte entschieden es dabei zu belassen: fürs erste waren das genug Informationen für Nobile. Von den schlampigen und halbherzigen Ermittlungen, die nach Caponnettos Unfall angestellt worden waren, würde er seiner Kollegin ein anderes Mal erzählen, vielleicht.

*

In der *osteria* hatten alle rasch ihre Plätze gefunden. Giulia erkannte Bonfatti diesmal gleich als er zur Tür reinkam und nickte in Richtung der hinteren linken Ecke wo sein Freund bereits Platz genommen hatte.

Caponnetto erhob sich und schüttelte Francesca Nobile die Hand.

»Schön, dass sie Zeit hatten. Ich kann den Pesto empfehlen, aber schauen sie doch selbst.« Er reichte ihr eine der Karten, die Giulia am Tisch abgelegt hatte.

»Also, *cui boni*?« eröffnete der *Commissario* die Diskussion.

Nobile schaute über den Tisch zu Bonfatti der neben Caponnetto saß.

»Wer profitiert? Also der Neffe Roberto profitiert auf alle Fälle vom Tod seines Onkels, aber er hat ein Alibi.«

Bonfatti entgegnete »Roberto hatte ein Motiv und eine Gelegenheit. Wenn wir ihm die Tat nachweisen können, ist das Alibi unwichtig.«

»Ich bin nicht sicher, ob ich verstehe was sie meinen *Commissario*«, sagte Nobile.

»Schauen sie«, erläuterte Caponnetto »in einer Ermittlung wie dieser besteht das Risiko viel Zeit und Energie auf den Nachweis zu verwenden, dass die Alibi-Behauptung falsch ist. Das ist aber manchmal sehr schwer weil wir es gewohnt sind binär zu denken: der klassische Alibi Beweis basiert erstens auf der Annahme, dass eine Person nicht an zwei Orten gleichzeitig sein kann und zweitens auf der Annahme, dass niemand der Täter sein kann, der nicht zur Tatzeit am Tatort gewesen ist.«

Nobile nickte zustimmend.

»Wenn aber jemand eine Fernsteuerung benutzt, oder einen Auftragskiller einsetzt, kann er Mittäter oder Täter sein auch wenn er zur Tatzeit an einem anderen Ort gewesen ist.«, führte Caponnetto den Gedanken seines Freundes weiter aus.

»Ganz genau« sagte nun Bonfatti.

»Also sollten wir uns drei Fragen stellen: 1. Glauben wir, dass Roberto der Täter sein könnte 2. Wie könnte er die Tat begangen haben, und aus dieser Hypothese abgeleitet, 3. Wie könnten wir ihn als Täter überführen.«

Zur ersten Frage gab es schnell Konsens. Daher diskutierte das Trio, als Giulia die Vorspeisen servierte, bereits intensiv *wie* Roberto die Tat begangen haben könnte.

»Wenn wir wüssten, ob die Teller von ihm in der Küche vorgerichtet worden waren, oder alle zusammen am Tisch aus Schüsseln aufgelegt haben« sagte Caponnetto und hielt Nobile den Brotkorb hin. Sie griff zu. Bonfatti lehnte ab und versuchte, den Faden wieder aufzunehmen.

»Also nehmen wir an, dass Roberto seine Freunde vergiftet hat, um sich selbst ein Alibi zu verschaffen. Wie konnte er es anstellen, ohne sich selbst zu vergiften?«, fragte er seine Gegenüber.

»Impliziert das nicht die Annahme, dass er nur die anderen vergiftet hat? Ich meine, er könnte ja auch einkalkuliert haben, sich selbst zu vergiften aber eine Art Gegengift vorbereitet haben.«

Caponnetto war beeindruckt, aber überließ es seinem Freund, die junge Kollegin zu loben.

»Sehr guter Punkt, Nobile. Danke für den Hinweis. Also lautet die Frage vielleicht eher: wie konnte er seine Freunde vergiften, ohne dass ihn die Symptome daran hindern, zu seinem Onkel zu fahren?«

Wortlos suchten alle drei nach einer Antwort auf die Frage, während sie ihre Vorspeisen genossen.

Francesca Nobile hatte sich für *Spinaci al pecorino* entschieden, Bonfatti und Caponnetto die etwas gehaltvolleren *Carciofi gratinati* gewählt.

Als Giulia die Teller abtrug entschuldigte sich Francesca Nobile und erhob sich vom Tisch.

»Und was denkst Du, Peppino?«

»Ein wirklich komplizierter Fall«

»Nicht über den Fall, über Nobile!«

»Sie ist gut, großes Potential.«

Dann erzählte Caponnetto seinem Freund vom

Telefonat mit Stefania und davon, dass sie schon morgen Abend kommen würde.

»Und?« fragte Bonfatti, »freust Du Dich?«

»Ja klar, freue ich mich«, erwiderte Caponnetto

»*Chi va piano, va lontano*«, entgegnete Bonfatti.

»Was meinst Du damit, Antonio?

»Naja, es ist vielleicht besser, Du gehst es langsam an. Ich meine, wenn Du nicht zu viel erwartest, wirst Du auch nicht so schnell enttäuscht.«

Sie sahen Nobile zurückkommen und wechselten das Thema. Kurz darauf trat Giulia an den Tisch.

»Bereit für den nächsten Gang?«

»Setz Dich doch einen Moment zu uns«, sagte Caponnetto, stand auf und deutete mit der linken Hand auf den Stuhl neben Francesca Nobile.

»Ich möchte Dir gerne meine Freunde vorstellen.«

Giulia hätte gerne unter dem Vorwand abgelehnt, dass sie viel zu tun habe, aber in der *osteria* waren nur drei Tische besetzt. Also sagte sie stattdessen etwas mürrisch »Danke Giuseppe. Deinen Freund kenne ich ja schon von gestern Abend.«, dann schaute sie hinunter auf Francesca Nobile.

»Und Sie sind?«

‹Zum Glück nicht so zickig wie Du›, dachte Nobile, stellte sich dann aber artig mit ihrem Namen vor.

»Francesca Nobile.« Sie wollte es dabei belassen. Schließlich war sie außer Dienst, also war auch ihre berufliche Verbindung zu Bonfatti und Caponnetto jetzt nicht relevant.

Bonfatti entschied, für etwas Unterhaltung sorgen, seine ganz private Theorie zu testen und sich einen Spaß zu erlauben.

»Francesca und Giuseppe kennen sich noch nicht lange. Francescas Wagen ist in der Werkstatt und da sie in Savona lebt, habe ich sie auf dem Hinweg mitgenommen.« Dabei tippte er unter dem Tisch mit seinem Fuß gegen Nobiles Bein. Er hatte den Satz bewusst so formuliert, dass offen geblieben war, ob er sie auch wieder zurücknehmen würde nach Savona oder sie beabsichtigte, in Pietra zu bleiben.

Nobile verstand nicht, worum genau es in dieser Scharade ging, aber beschloss, die ihr zugedachte Rolle zu spielen. Erst recht nach der merkwürdigen Begrüßung, die ihr Giulia hatte zuteilwerden lassen. Also sah sie zunächst Caponnetto an, dann Giulia.

»Ja, das stimmt. Wir kennen uns noch nicht lange, aber bisher habe ich jede Minute genossen.«

Das hatte gesessen.

Caponnetto verschluckte sich an seinem Mineralwasser, als ihn Giulias grüne Augen anblitzten.

Mit den Worten »Na, dann geh ich mal in die Küche und kümmere mich darum, dass Sie auch den Rest des Abends genießen können.« rauschte sie davon.

Nobile schaute die beiden Männer erwartungsvoll an. Sie fand, sie hatte ein Recht darauf, eingeweiht zu werden. Als Giulia außer Hörweite war, sagte Bonfatti »Bitte entschuldigen Sie, dass ich Sie zu meiner Komplizin gemacht habe, einfach so und ohne zu fragen. Aber die Idee kam mir ganz spontan.«

»Schöne Idee. Und danke auch. Giulia denkt doch jetzt…« platzte es aus Caponnetto heraus

»Ja und, ist das schlimm, Peppino?«

Caponnetto schaute über den Tisch zu Nobile »also bitte verstehen sie mich nicht falsch…«

Bonfatti war guter Laune und erzählte Nobile, dass er am Vorabend mit Caponnetto über das Thema ›wer macht den ersten Schritt‹ gesprochen hatte und wie bestimmte Signale zu deuten seien und er die Gelegenheit nutzen wollte, weitere ›Indizien‹ zu sammeln. »Ich frage sie daher als Polizistin und als Frau …«

Caponnetto, dessen Ärger verflogen war, unterbrach ihn.

»Schon gut, Antò. Hauptsache, Du biegst das wieder gerade – sonst muss ich die nächsten Wochen leiden wenn ich hierher komme. Würde mich nicht wundern, wenn sie jetzt gerade eine Extraprise Salz in mein Risotto gibt.« Dann schaute er Nobile an.

»Hut ab, Sie haben schnell umgeschaltet und haben aber auch nicht übertrieben. Haben sie schonmal verdeckt ermittelt?«

»Oh nein, verdeckt ermittelt habe ich noch nicht, aber interessieren würde es mich schon. Tut mir leid, wenn ich Sie in Verlegenheit gebracht habe. Ich dachte, das wäre mit Ihnen …«

»Alles gut«, sagte Caponnetto und erhob sein Wasserglas. Die drei prosteten sich zu.

Kurz darauf erhob sich Bonfatti und ging Richtung Toilette. Auf dem Weg dorthin sprach er Giulia an und bat sie, noch eine Flasche stilles Wasser an den Tisch zu bringen. Er erwähnte es beiläufig und wählte seine Worte sehr genau.

»Das muss die Aufregung sein, weil meine Kollegin heute den berühmten Caponnetto zum ersten Mal persönlich trifft. Da wird der Mund schnell trocken.«

Der *risotto al limone* war nicht versalzen und auch die *trenette col pesto* sowie die *maccheroni alla bolognese* schmeckten vorzüglich. Während sie ihre *primi piatti* aßen überlegten die drei, welche nächsten Schritte sie aus den Überlegungen des Abends ableiten sollten. Für jeden gab es eine Aufgabe.

Caponnetto würde Kontakt mit München aufnehmen und über Hering klären, wie spezifisch das Protokoll der Befragung von Robertos Freunden war: Hatten die Polizisten abgefragt, was sie gegessen und getrunken hatten? Wie waren die Speisen und Getränke zubereitet und serviert worden? Bei wem waren die Symptome wann aufgetreten und abgeklungen? Hering sollte dann veranlassen, dass diese Informationen an Bonfattis Dienststelle übermittelt würden.

Nobile würde die Haushälterin nochmal vorladen, um herauszufinden, in welcher Beziehung sie zu Roberto stand. Es musste ja einen Grund gegeben haben, warum er an ihrer Wohnungstür geklingelt hatte.

Bonfatti übernahm die Aufgabe, mit Cristina Donati zu sprechen. Vielleicht hätte die Gerichtsmedizinerin eine Idee, wie Roberto seine Freunde vergiftet haben könnte ohne selbst unter den Symptomen zu leiden.

Als sie aufbrachen und Nobile sich nochmal kurz entschuldigte sagte Caponnetto zu seinem Freund,

»Frag doch Cristina, ob sie uns zum Essen treffen möchte. Dann besprechen wir wie eben alle zusammen die neuesten Erkenntnisse.«

»Und warum fragst Du sie nicht?«

»Na hör mal, das ist ja Dein Fall.«

»Ja, aber es ist auch meine Ex –Verlobte.«

Caponnetto glaubte mehr als Bonfatti daran, dass die Auflösung der Verlobung nur eine Kurzschlussreaktion gewesen war und dass Cristina diese längst bereute, aber ihr Stolz es nicht zuließ, das zuzugeben. Und er glaubte, dass andererseits Bonfattis Kränkung ihn davon abhielt, ihr den notwendigen Schritt entgegenzugehen. Aber, auch da war sich Caponnetto sicher, die Kohle glühte noch.

»Antò, nach dem Streich, den Du Giulia und mir heute Abend gespielt hast, habe ich etwas gut bei Dir – findest Du nicht?«

»Ok. Ich rufe Cristina auf jeden Fall an. Und lade sie dann gerne in Deinem Namen zum Essen ein.«

»Wir hören uns dann morgen gegen Mittag.«

Das Ermittler-Trio und Giulia hatten an diesem Abend etwas gelernt: über den Alibi-Beweis, über sich selbst und über die Dinge, die das Universum in Bewegung halten.

VI

Am Donnerstagvormittag musste Bonfatti sich zunächst mit Papierkram beschäftigen. Diverse Anfragen anderer Dienststellen, Anträge für Sachmittel und Ähnliches. Das alles war in den vergangenen Tagen liegengeblieben. Der *Commissario* wollte vor dem Wochenende reinen Tisch haben und daher nicht erst am Freitag damit anfangen. Zu groß war das Risiko, dass etwas Unvorhergesehenes passieren würde.

Bonfatti wusste von Cristinas Gewohnheit gegen halb elf eine Pause zu machen, um einen *caffè* zu trinken. Er wartete deswegen bis elf Uhr, bevor er die Nummer der Pathologie im *Ospedale S. Paolo* wählte.

Als der *Commissario* Caponnettos Name nannte, wurde Cristinas Stimme weicher.

»Caponnetto? Du meinst Deinen Caponnetto? Ist der nicht im Ruhestand?«, fragte die Pathologin.

»Nein, ich meine ja genau Peppino«, entgegnete Bonfatti »er hat ja jetzt Zeit, und bevor er sich zu Hause langweilt …«

»Ok, also Giuseppe und Du habt über den Fall gesprochen, und weiter?«

Bonfatti fasste kurz die für Cristina wesentlichen Erkenntnisse und Hypothesen zusammen und fragte sie nach ihrer Meinung.

»Theoretisch ist alles möglich«, war ihre Antwort, gefolgt von einer Gegenfrage: »Wie würdest Du es denn machen, Antò‹? Wenn Du andere vergiften wolltest, ohne dabei selbst krank zu werden – wie würdest Du es machen?«

»Bei einer Suppe vielleicht etwas vom Gift in die Mitte der Schüssel träufeln und dann mir selbst vom Rand schöpfen?«

»Aber es gab keine Suppe an dem Abend, oder?«

»Nein, keine Suppe. *insalata caprese*, dann *saltimbocca alla romana* und dazu Kartoffeln, später Käse«, räumte Bonfatti zerknirscht ein, »aber wenn es ein Antidot gäbe, könnte ich mich dadurch schützen …«

»Im Prinzip eine gute Idee, Antonio, denn es gibt fast immer ein Gegengift. Aber das Risiko der falschen Dosierung wäre sehr groß.«

»Du meinst, dass er sich entweder doch selbst vergiftet, oder die anderen nicht wirklich alle ausgeschaltet sind.«

»Ja genau, in beiden Fällen würde sein Alibi platzen. Wenn wir Proben des Essens hätten … aber dafür ist es jetzt natürlich zu spät.«

Für Bonfatti klang der Satz wie ein Vorwurf, obwohl er wusste, dass Cristina ihn so nicht gemeint hatte. Beide schwiegen einige Sekunden.

»Sag mal Antò, habt ihr auch danach gefragt, was sie zum Essen getrunken haben?«

»Ja, die Münchner Kollegen haben auch nach den Getränken gefragt.«

»Und?«

»Auf dem Tisch stand eine große Karaffe mit Wasser, ansonsten gab es zum Essen zunächst Weißwein, später Rotwein.«

Cristina kam zu dem Schluss, dass es der Wein nicht gewesen sein konnte, sonst hätte der Neffe wiederum alle Flaschen manipulieren müssen, um auf Nummer sicher zu gehen. Zudem hatte Roberto laut Aussage seiner Gäste ebenfalls von Wasser und Wein getrunken. Es war daher unwahrscheinlich, dass das Gift – wenn es überhaupt welches gegeben hatte – im Wein oder Wasser gewesen war.

»Ich fürchte, ich bin Euch keine große Hilfe, solange es nichts gibt, das man aufschneiden oder unters Mikroskop legen kann«, resümierte sie lachend.

»*Grazie* Cristina, es war einen Versuch wert. Ach, und Caponnetto würde Dich gerne einladen.«

»Einladen?«

»Ja, heute zum Abendessen nach Pietra Ligure in die *osteria*.«

Im Hintergrund hörte Bonfatti das Geräusch einer Klingel.

»Antonio, ich muss jetzt wirklich Schluss machen«, sagte Cristina, und nach einer kurzen Pause, »Ist doch verrückt, dass unsere *osteria* jetzt Caponnetto gehört«.

Bonfatti war nicht sicher, ob er sich verhört hatte, hatte sie eben wirklich ›unsere *osteria*‹ gesagt?

Cristinas Worte hallten in seinem Kopf nach, und er erinnerte sich an die vielen Abende, die beide dort als frisch verliebtes Paar verbracht hatten.

»*E si, che coincidenza!* Also dann, bis heute Abend?

»Gerne, *a dopo*.«

Bonfatti stand auf, ging im Büro hin und her, lief dann einmal den Korridor auf und ab. Wieder im Büro angekommen umkreiste er einmal den Schreibtisch. Als er

162

sich wieder auf seinen Stuhl setzte, war sein Puls noch immer leicht erhöht.

*

Rund 30 Kilometer entfernt stand Caponnetto zur gleichen Zeit vor ebendieser *osteria* in Pietra Ligure. Was er sah, als er eintrat, überraschte ihn. Giulia mixte offenbar Cocktails. Vor ihr standen diverse Flaschen, mehrere Tumbler, Longdrink- und Martinigläser. Einige waren halbvoll, andere noch leer.

»Ciao Giulia, etwas früh für Alkohol, oder?«, sagte Caponnetto fröhlich.

»Ich arbeite«, antwortete Giulia knapp und goss eine braune Flüssigkeit aus einem Shaker in ein Martiniglas. Dann richtete sie ihre grünen Augen auf Caponnetto und erklärte »In zwei Monaten findet der regionale Barista-Wettbewerb statt. Ich dachte mir, das könnte eine gute Werbung für die *osteria* werden.«

»Etwas untypisch, Kaffee-Cocktails in einer *osteria,* oder?«

Giulia ignorierte den Einwand, den sie zuvor schon von Concetta gehört hatte, die sich nun, von Caponnettos Stimme angelockt, anschickte, aus der Küche zu kommen.

»Sag mal, Giuseppe, was ist eigentlich Dein Lieblingscocktail?« Giulia, die Concettas Schritte näher kommen hörte, erwartete nicht wirklich eine interessante Antwort, wollte aber die Gelegenheit nicht versäumen, Caponnetto vorzuführen.

›Dieser verstockte Polizist, der quasi über Nacht

Gastronom geworden ist, kannte vermutlich außer *Aperol Spritz* gar keine Cocktails‹, dachte sie.

Umso mehr war sie von seiner Antwort überrascht.

»*Espresso Martini!*«

Giulia schaute auf das Glas vor ihr, während Concetta auf die ihr eigene Art reagierte: »Möchten Sie einen Espresso, *Dottore*?«

Ihre Chefin quittierte die Einmischung in das Gespräch und vor allem die Herzlichkeit zunächst mit einem missbilligenden Kopfschütteln. Dann sagte sie »der *Dottore* scheint sich auszukennen, Concetta. Was er meint, ist ein *Espresso Martini*. Ein Mix aus Wodka, Zucker, Kaffeelikör und Espresso – serviert in einem Martiniglas wie diesem hier.« Dabei hielt sie das Glas hoch und streckte es der Küchenhilfe hin.

»Bäh, ich mag dieses neumodische Zeug nicht«, polterte Concetta »ich mache einfach einen Schuss *Sambuca* in den *caffè*, wenn mir danach ist.«

»Na, na, nicht so streng, Concetta, vielleicht hatte der Barista, der den Cocktail erfunden hat, damals keinen *Sambuca* zur Hand. Vielleicht war ihm ein *caffè corretto* einfach zu banal und er hat deswegen zur Wodkaflasche gegriffen. Schließlich hatte sich sein Gast etwas Besonderes gewünscht«, erläuterte Caponnetto.

»Mach mich wach und hau mich um«, ergänzte Giulia und schaute Caponnetto überrascht an: »Du kennst auch die Geschichte des Cocktails?«

Concetta winkte ab, zum Zeichen, dass sie nicht verstand, worüber die beiden redeten. Und da es sie auch nicht mehr interessierte, trottete sie zurück in die Küche. Ihre Ehrlichkeit war erfrischend.

Caponnetto war zufrieden. Er hatte seinen Dienstausweis abgegeben, aber eben nicht seinen Instinkt. Dieser Instinkt in Verbindung mit seinen Recherchen über Giulia hatte ihm gesagt, dass er mit Wissen über Cocktails würde punkten können. Also hatte er sich am Vormittag über die Trend-Cocktails der letzten Jahre informiert; eigentlich ein Thema, das ihn bisher überhaupt nicht interessiert hatte, aber nun war es durch die »Operation Golfo« relevant geworden.

»Hast Du gewusst, dass ich einige Jahre in London gelebt habe?«

»Die Tante hatte mir gesagt, dass Du im Ausland gelebt hast«, antwortete Caponnetto ausweichend.

»Was hast Du denn in London gemacht, Giulia?«

»Ich habe in einem Restaurant gearbeitet. *El Camion* heißt es, schon mal gehört?«

Caponnetto bluffte perfekt. Natürlich wusste er das und auch, dass dort Dick Bradsell bis zu seinem Tod 2016 gearbeitet hatte – eben jener Erfinder des Espresso Martini. Für Caponnettos Geschmack war der Drink viel zu stark und daher ganz sicher nicht sein Lieblingscocktail. Aber er hatte vermutet, dass Giulia diesen Cocktail gerade gemixt hatte.

»Wie? *El Camino*? Nein, nie gehört. Und dann bist Du von London hierhergezogen?« fragte Caponnetto, obwohl er die Antwort schon kannte.

»Nicht ganz, ich bin dann noch etwas durch Europa gereist.«

Caponnetto machte sich gedanklich eine Notiz. ›Warum sagt sie durch Europa gereist, wenn sie doch sechs Monate in München war. Hatte sie vielleicht unangenehme Erinnerungen an München?‹

Das ›brum, brum‹ des *cellulare* forderte Caponnettos Aufmerksamkeit. Es war Bonfatti.

Giulia, der die Unterbrechung an dieser Stelle des Gesprächs gerade recht kam, lief in die Küche.

»Ciao Peppino, was machst Du?«

»Ciao Antò, ich bin hier bei Stefania.

»Was machst Du in Mailand?«

»Wieso Mailand? Nein, ich bin hier in Pietra Ligure in der *osteria*.«

»Du hast doch eben gesagt, ›ich bin bei Stefania‹,

»Nein, da musst Du Dich verhört haben.«

Bonfatti, der sich sicher war, dass er sich nicht verhört hatte, freute sich über den Versprecher. Er sah ihn als Zeichen dafür, dass bei seinem Freund etwas in Schwingung geraten war.

Während sich Caponnetto die Zusammenfassung des *Commissario* anhörte, spürte er einer inneren Unruhe nach. Er war gespannt, ob Cristina zum Abendessen kommen würde. Aber da war noch etwas, ein diffuser Gedanke, eine offene Frage, etwas, das wie ein kleines Stück Holz am Strand immer wieder vorgespült wurde, aber kurz bevor man es zu fassen bekam, wieder zurückgezogen wurde.

Als sich Bonfatti schon mit einem heiteren »*a stasera, caro mio*« verabschiedet hatte und das Gespräch beenden wollte, rief Caponnetto laut ins Telefon »Das ist es!« Dabei schlug er sich mit der Hand auf die Stirn.

»Natürlich. Das ist es! Eh Antò, bist Du im Büro?«

»Ja, warum?«

»Hast Du die Liste mit den Speisen und Getränken vor Dir?« Caponnetto kramte ebenfalls den Zettel aus der Tasche, auf dem er am Vortag notiert hatte, was die Kollegen der Münchner Polizei Bonfatti nach der Zeugenbefragung übermittelt hatten.

»Ja, und?

»Schau Dir die Liste an – da fehlt etwas! Da steht nur Wein und Wasser! Die haben doch bestimmt etwas vorneweg getrunken.«

Antonio Bonfatti lachte auf. »*Sei grande,* Peppino! Du bist wirklich großartig. Keine Ahnung wie Du gerade jetzt darauf gekommen bist, dass der Aperitif in der Liste fehlt. Mir war es heute Mittag nach dem Gespräch mit Cristina aufgefallen.«

Der *Commissario* berichtete seinem Freund, wie er nach dem Gespräch mit der Pathologin nochmal mit dem Diensthabenden gesprochen hatte. Der Beamte hatte sich erinnert, dass laut Befragung Roberto und seine Gäste tatsächlich vor dem Abendessen einen Aperitif hatten. In der Notiz an Bonfatti war über den Aperitif nichts gestanden, weil der Diensthabende ein Wasserglas über den Ausdruck der Mail aus München geschüttet hatte. Und weil der Toner im Drucker leer gewesen war, hatte er – statt die Mail nochmal auszudrucken – eine Abschrift gemacht. Dabei hatte er vergessen zu übertragen, dass die Feiergesellschaft auch einen Cocktail genommen hatte. Im Ergebnis schien das aber keinen Unterschied zu machen, denn auch Roberto hatte einen *Aperol Spritz* getrunken, weswegen der Aperitif wohl ebenso ausschied wie Wein und Wasser.

»Also wieder eine Sackgasse?«, fragte Caponnetto.

»Ich fürchte ja, Peppino! Vielleicht müssen wir nochmal ganz von vorne anfangen. Später befragen wir nochmal die Haushälterin.«

Caponnetto, der gedanklich schon bei der Reservierung des Tisches war, fragte »Bringst Du Nobile auch mit?«

»Zusammen mit Cristina?.. ich weiß nicht Peppino …«

»Du fragst sie auf jeden Fall. Wer hat denn eben gesagt, dass wir von vorne anfangen müssen? Da sollte Deine Kollegin nicht fehlen!«

»Ja, ja schon gut. Ich frage sie.«

Caponnetto lief in die Küche. Da er Giulia dort nicht antraf, bat er Concetta, einen Tisch für fünf Personen zu reservieren und Giulia schöne Grüße auszurichten.

*

Polizeioberwachtmeisterin Nobile hatte, kaum dass sie ihren Dienst in der *Questura* angetreten hatte, mit ihrem Kollegen Sestri und einem weiteren Einsatzteam ausrücken müssen. Bei einer Bank in Albisola Superiore, einem kleinen Küstenort östlich von Savona gelegen, war stiller Alarm ausgelöst worden. Beim Eintreffen hatte sich allerdings herausgestellt, dass es sich um einen Fehlalarm gehandelt hatte.

Zurück an ihrem Schreibtisch hatte sie Livia Auci angerufen, um sie für den Nachmittag ins Polizeipräsidium vorzuladen. Auci hatte zunächst den Anruf nicht angenommen. Als Nobile es nach 20 Minuten nochmal probiert hatte, hatte die junge Frau mit schläfriger Stimme geantwortet. Leise und stockend hatte sie Nobile erklärt, dass sie seit der Nacht sehr starke Kopfschmerzen habe und gefragt, ob es auch möglich wäre, dass sie erst am nächsten Tag ins Polizeipräsidium kommen würde.

Nobile sagte »*Signora* Auci, legen Sie nicht auf. Ich bin

gleich wieder da.«, lief dann ins Büro des *Commissario* und schilderte ihm die Situation.

»Und, was meinen Sie?«

»Na ja, wenn sie wirklich starke Kopfschmerzen hat, ist ihre Aussage heute vermutlich eh nicht brauchbar.«

»Also dann …«

Nobile nickte, lief wieder an ihren Platz und sagte zu Auci »Okay, dann kommen Sie morgen um elf Uhr in die *Questura*. Falls Sie dann immer noch krank sind, gehen Sie bitte zum Arzt, aber rufen Sie mich vorher an.« Dann wünschte sie Livia Auci gute Besserung.

Kaum hatte sie aufgelegt, klingelte ihr Telefon. Es war Bonfatti.

»Ach *Ispettore*, eine Sache hatte ich ganz vergessen. Caponnetto hat gefragt, ob wir heute nochmal in die *osteria* kommen wollten. Eine Kleinigkeit essen und …«, Bonfatti stockte kurz, »und Cristina Donati wird auch kommen. Wir könnten dort fortfahren, wo wir gestern aufgehört haben.«

*

Giulia fragte zweimal bei Concetta nach, ob sie sich nicht vielleicht verhört hatte. »Einen Tisch für fünf Personen? Na, da bin ich ja mal gespannt.«

Concetta fragte spitz, »gespannt, ob er vielleicht eine hübsche Freundin mitbringt?«,

»Also mich interessiert wirklich nicht, mit wem sich das Ohrfeigengesicht rumtreibt«, versuchte Giulia möglichst lässig zu antworten, »ich bin nur gespannt, wie viel Umsatz wir heute Abend machen«.

Die Erfahrung aus über sechzig Lebensjahren sagte Concetta, dass ihre Chefin sie anflunkerte. Und das amüsierte sie, denn sie sah die kleine Schwindelei als sicheres Anzeichen dafür, dass Giulia eben doch nicht nur an dem Umsatz interessiert war.

*

Kurz vor 20 Uhr trat Bonfatti als erster durch die Tür der *osteria*. Die anderen drei trudelten innerhalb der folgenden zwanzig Minuten ein. Francesca Nobile und die Pathologin kamen beide mit ihren Autos. Wie sich bei der Begrüßung herausstellte, kannten sie sich nicht nur vom Tatort in San Giuseppe, sondern bereits von einem anderen Fall. Caponnetto hatte entschieden, zu Fuß zu gehen – wohl aus Übermut, und weil er damit rechnete, dass Stefania im Lauf des späteren Abends dazustoßen würde. Sie könnten dann zusammen in ihrem Wagen zurück zum Haus fahren, wo er für sie ein Gästezimmer vorbereitet hatte. Schließlich hatte er dann aber länger gebraucht, als er angenommen hatte und kam als Vierter in die *osteria*.

Als sich Caponnetto zu den anderen an den Tisch setzte, registrierte er, dass Cristina die junge Francesca Nobile musterte wie eine potenzielle Rivalin.

Bonfatti beobachtete unterdessen Giulia, die ihrerseits taxierte, wie sich Caponnetto und Cristina nach dessen Eintreffen begrüßten.

›Tja‹, dachte Nobile, die die Szene ebenfalls genau beobachtet hatte, ›jeder hat seinen blinden Fleck‹.

Bonfatti entschied, dass Caponnetto nach dem Streich, den er ihm am Vortag mit Nobiles Unterstützung gespielt hatte, nun etwas gut bei ihm hatte. Als Giulia die Getränke brachte, lud er sie ein, sich einen Moment an den Tisch zu setzen.

»Wir sind heute zusammengekommen, um über einen Kriminalfall zu beraten. Wissen Sie eigentlich, dass ihr Kompagnon einer der erfolgreichsten Ermittler war, die die *ROS* je hatte?« begann Bonfatti seine versteckte Laudatio.

»Und dabei ist er so bescheiden geblieben«, ergänzte Cristina, die mit untrüglichem weiblichen Instinkt sofort die Schwingungen erfasste.

Giulia winkte ab und versuchte dabei zu lachen, weil sie dachte, Bonfatti und Cristina würden sie und Caponnetto auf den Arm nehmen.

Cristina legte ihre Hand auf Giulias Unterarm.

»Es ist kein Scherz! Caponnetto war außergewöhnlich talentiert. Seine Fallanalysen waren exzellent und ebenso seine Fähigkeit, sich in sein Gegenüber hineinzuversetzen. Er hatte die richtige Mischung aus Instinkt, Disziplin und Selbstdistanz, um seine Ermittlungstaktik so anzupassen, wie es die Situation erforderte.« Cristina sprach diese Sätze langsam und deutlich, wodurch sie besonders eindringlich wirkten.

Giulia war verwirrt.

»Hallo? Falls es Euch entgangen ist: Ich sitze auch hier am Tisch, denn noch lebe ich. Hebt Euch das für meinen Nachruf auf!«, rief Caponnetto dazwischen.

»Du hättest sehen müssen, was bei seiner Verabschiedung in Genua los war«, sagte Bonfatti und schaute dabei Cristina an.

Giulia, noch immer unschlüssig, ob sie auf den Arm genommen wurde, ließ ihren Blick wandern: zu Bonfatti, zu Cristina, zu Caponnetto. Schließlich blieb ihr Blick bei Francesca Nobile hängen. Sie fixierte die junge Polizistin, was dieser nicht entging, so dass sie sich genötigt fühlte, auch etwas zu sagen.

»Ich kenne den *Capitano* noch nicht lange, aber …«

»Aber sie haben jeden Augenblick genossen … ja, das hatten wir schon«, sagte Giulia spitz. Sie grübelte noch immer über das Wort Kompagnon.

Bonfatti räusperte sich, Caponnetto kratzte sich am Kopf. Giulia sinnierte über die Bewunderung, mit der Cristina und Bonfatti über Giuseppe Caponnetto redeten.

Es sprach für Caponnetto, dass er mühelos eine Bemerkung einflechten konnte, die klarstellte, dass es am heutigen Abend um die Bearbeitung des Falls ging und alle Beteiligten aus genau diesem Grund eingeladen waren. Und nur aus diesem Grund.

»Na, dann bin ich gespannt. Also natürlich nur, wenn ihr über den Fall sprechen dürft«, nahm Giulia den Ball auf.

»Ein Mann wurde erschlagen«, begann der *Commissario*. »Derjenige, der ein Motiv und eine Tatgelegenheit hätte, kann ein Alibi vorweisen. Nennen wir ihn Enzo. Er war mit Freunden in einem Ferienhaus in der Nähe des Tatorts, aber nach einem gemeinsamen Abendessen am Tag vor der Tat sind alle krank geworden.«

»Und die beiden vermuten, der Täter hat die Freunde vergiftet, um das Alibi zu konstruieren«, ergänzte die Pathologin und zeigte dabei auf Caponnetto und Bonfatti. Nobile nickte ihrerseits zustimmend.

»Also nehmen wir an, Enzo ist es gewesen«, Caponnetto hatte inzwischen mit Salz- und Pfefferstreuer, sowie Essig- und Ölflasche die Tat auf dem Tisch rekonstruiert.

Giulia schaute ihm interessiert zu. Die Ölflasche war das Ferienhaus in Cogoleto, die Essigflasche stand für die Wohnung von Umberto Serra, der wiederum vom Salz- streuer dargestellt wurde. Der Pfefferstreuer würde nun von der Ölflasche zur Essigflasche fahren. Die Straße malte Caponnetto als Linie mit seinem Kugelschreiber auf die weiße Tischdecke. Er unterbrach seinen Vortrag und schaute hoch zu Giulia »Geht beim Waschen wieder raus, oder?«

»Bestimmt«, sagte die Wirtin und lächelte.

»Also«, fasste Caponnetto zusammen, »Enzo tötet den Onkel und fährt wieder zurück zu seinen Freunden.«

Der Pfefferstreuer war nun wieder bei der Ölflasche. Der Salzstreuer lag auf der Seite.

»Und?«, fragte Giulia.

»Ich an seiner Stelle hätte mich gleich nach der Tat umgezogen. Er muss Blutspritzer an der Kleidung gehabt haben«, warf Cristina ein.

Giulia war Feuer und Flamme und beteiligte sich an der Diskussion.

»Er hat die Kleider gewechselt, bevor er ins Auto ge- stiegen ist, damit er dort keine Spuren hinterlässt, oder?«

»Gut kombiniert«, lobte Bonfatti »tatsächlich haben wir das Auto untersucht, nachdem wir ihn festgenommen hat- ten und keine Spuren gefunden. Vermutlich hat er sich umgezogen, bevor er in das Auto gestiegen ist und dann die Kleider unterwegs entsorgt.«

»Soweit unsere Vorstellung vom Tathergang, leider

haben wir keine Tatwaffe oder sonstige Beweise, mit denen wir den Täter überführen könnten«, schloss Caponnetto die Zusammenfassung ab.

»Euer Hauptverdächtiger hat ein Alibi, sagt ihr?« wiederholte Giulia »und ich dachte immer, mein Job wäre kompliziert«, sagte sie lachend. »Ich komme gleich wieder und nehme Eure Bestellung auf. Ein hungriger Magen kombiniert nicht gut.« Dann stand sie auf und ging an Tisch neun, wo sich gerade ein Pärchen niedergelassen hatte.

Unter dem Tisch gab Bonfatti seinem Freund einen Stups mit dem Fuß, was so viel bedeuten sollte wie, ›was ist mit der heute los, die ist ja total verändert!‹.

Alle Vier vertieften sich in die Speisekarte, bis der *Commissario* das Schweigen unterbrach. »Stell Dir vor, Cristina, Peppino und ich hatten heute fast zeitgleich denselben Gedanken!«

»Lass mich raten, ihr hattet Hunger?«

»Ach Quatsch, nein. *Sul serio*. Uns war aufgefallen, dass auf der Liste, die uns München nach der zweiten Befragung von Robertos Gästen geschickt hatte, der *aperitivo* fehlte.«

Francesca Nobile schaute von ihrer Karte auf.

»Und was haben sie getrunken?«, fragte Cristina.

»Dreimal darfst Du raten *Aperol Spritz*, was sollen Deutsche in Italien sonst als *aperitivo* trinken?«, erwiderte Caponnetto

»Mmh, lass mich mal überlegen. Also, da wären *Crodino, Sanbittèr, Negroni, Campari, Martini, Vermouth Rosé*.«

Cristina sprach die Worte so schnell wie beim Abspann

der Werbung von Pharmaprodukten im Radio, wenn auf die ›Risiken und Nebenwirkungen‹ hingewiesen wird. Nach dem Wort *Rosé* tat sie so, als ob ihr die Luft ausginge.

»Nicht zu vergessen *Rosolio di Bergamotto*«, warf Bonfatti ein. Dieser Likör ergab zusammen mit Prosecco einen wunderbaren Aperitif und Cristina war ein großer Fan des 2017 wiederbelebten Klassikers.

»Genau, den *Rosolio* sollten wir auf keinen Fall vergessen!«, sagte Cristina heiter und streckte Bonfatti ihr Wasserglas hin, um mit ihm anzustoßen.

Nobile versuchte das Gespräch wieder auf den Fall zu lenken. »Und, haben wir durch den *Aperol Spritz* einen neuen Hinweis oder eine neue Idee?«

»Leider nein«, antwortete Bonfatti, »die Abendgesellschaft hatte den *aperitivo* zusammen in der Küche zubereitet und alle haben davon getrunken – auch der Neffe.«

»Ah, ihr diskutiert schon den *aperitivo*«, sagte Giulia, die sich wieder dem Tisch genähert hatte.

»Wisst ihr denn auch schon, was ihr essen möchtet?«

Nachdem Giulia alle Bestellungen notiert hatte, hob Caponnetto leicht seine rechte Hand, um ihr zu signalisieren, dass sie noch einen Moment bleiben sollte.

»Erzähl den anderen von Deinem *Barista*-Wettbewerb. Wenn Du möchtest, können wir später auch einen Deiner *Signature Drinks* probieren. Quasi als Testgruppe«, bot er Giulia an.

»Danke für das Angebot, leider bin ich noch nicht so weit. Aber ich bringe Euch gerne einen anderen Aperitif.«

»Ein *Barista*-Wettbewerb? Das klingt ja spannend, hast Du schon eine Idee für Deine Kreation?«, fragte Cristina.

»Ich habe mit Eiswürfel aus Sirup experimentiert, aber

war nicht zufrieden. Die Geschmackserlebnisse sind nicht konsistent«, erläuterte Giulia.

»Weil manche den Cocktail schneller trinken als andere?«, fragte Nobile.

»Aber ist das nicht immer so?«, fragte Bonfatti

»Ja schon, aber in Giulias Kreation, kann sich der Sirup aus dem Eiswürfel dann nicht immer gleich entfalten«, erklärte Francesca Nobile.

Giulia nickte der jungen Frau anerkennend zu.

»Stimmt genau! Daher probiere ich etwas anderes und setze mehr auf den visuellen Effekt. Ich nehme größere Eiswürfel gefüllt mit Blättern von Basilikum, Minze oder einem kleinen Limettenschnitz.«

»Sag das nochmal bitte«, warf Caponnetto ein, der Giulia mit großen Augen ansah.

»Blätter von Basilikum …«

»Nein, die Sache mit dem Sirup.«

Caponnettos Blick wanderte zwischen Francesca und Giulia hin und her. Giulia wiederholte die Erklärung, die Nobile gegeben hatte.

»Der Sirup ist in den Eiswürfeln; je langsamer jemand seinen Cocktail trinkt, desto mehr schmelzen die Eiswürfel ab und der Geschmack entfaltet sich.«

Bonfatti, der jetzt ebenfalls begriffen hatte, warum sich Caponnetto für die Sache mit dem Sirup interessierte, schlug mit den Handflächen auf den Tisch und rief »So hat er es also gemacht!«

»Ich versteh nur Bahnhof«, sagte Giulia und schaute Caponnetto an.

»Roberto hat Eiswürfel präpariert, so wie Du bei Deinem Cocktail. Das Gift war in allen Eiswürfeln drin, aber er hat seinen *Aperol Spritz* schnell ausgetrunken, so dass sich bei ihm die Eiswürfel noch nicht aufgelöst hatten. Und daher hat er vom Gift nichts abbekommen. Den anderen Gästen schenkte er Prosecco nach, so dass sich deren Eiswürfel auf jeden Fall auflösten, bevor sie die Gläser leer getrunken hatten.«

»Und so wurden alle krank!«, rief Caponnetto.

»Alle außer Roberto« ergänzte Cristina.

»Für die Gäste war dieser vergiftete Aperol Spritz sehr unangenehm, aber für Robertos Onkel war er tödlich«, fasste der *Commissario* die Überlegungen zusammen.

»Aber das können wir nie beweisen, oder?«, fragte Francesca Nobile kleinlaut.

»Das müssen wir auch gar nicht«, erwiderte Caponnetto.

»Wichtig ist, dass wir wissen, er hätte es tun *können*. Und jetzt überlegen wir, wie wir ihn überführen werden.«

»Na dann, seid ihr ja einen großen Schritt weiter. Bitte entschuldigt mich.« Giulia erhob sich und ging zuerst zu Tisch neun und dann in die Küche.

»Und?«, fragte Concetta, die wissen wollte, was die Vier zu essen bestellt hatten.

»Vielleicht habe ich Caponnetto falsch eingeschätzt.«

Concetta amüsierte sich darüber, dass ihre Chefin ihn nun auch beim Nachnamen nannte, aber verzichtete auf jeglichen Kommentar, der nach Rechthaberei klingen konnte.

»*Cara mia*, mit Menschen ist es wie mit einem See. Man sieht nicht immer gleich bis auf den Grund. Nun sag schon, was möchten die Vier denn Essen?«

177

Zehn Minuten später liefen Concetta und Giulia mit je zwei Tellern in der Hand zum Tisch, an dem die Vier noch immer den Fall diskutierten.

Concetta schaute erwartungsvoll in die Runde und schwenkte dabei die beiden Teller, die sie in der Hand hielt, durch die Luft. »*melanzane ripiene* und *involtini di peperoni al tonno*?«

»Die Auberginen sind für mich«, sagte Nobile. Bonfatti hob den rechten Zeigefinger in die Luft, um zu signalisieren, dass die Paprikaröllchen mit Thunfischfüllung für ihn bestimmt waren.

Giulia platzierte einen Teller mit *Carpaccio* vor Cristina und reichte Caponnetto seinen Orangensalat über den Tisch.

»Das sieht alles köstlich aus«, sagte Cristina. Alle in der Runde nickten und griffen zum Besteck.

Der Genuss in fast andächtiger Stille wurde jäh durch den Signalton einer eingehenden Nachricht auf Caponnettos *cellulare* unterbrochen.

»Bitte entschuldigt mich«, Caponnetto erhob sich, lief zum Ausgang und trat vor die Tür der *osteria*. Die Nachricht war wie erwartet von Stefania, der Inhalt jedoch war überraschend.

»Schaffe es doch nicht nach Pietra. Tut mir leid, melde mich morgen. *un abbraccio!*«

›Deine Umarmung kannst Du Dir sparen‹, dachte Caponnetto säuerlich und tippte »ok«. Dann ging er zurück ins Lokal.

Die anderen Drei hatten inzwischen auf Francesca Nobiles Initiative hin begonnen, einen Plan zu entwickeln, wie Roberto die Tat nachgewiesen werden konnte.

»Und die Haushälterin ist runter von der Liste der Verdächtigen? Was hat ihre Vernehmung heute ergeben?«

Nobile setzte Caponnetto und Donato kurz ins Bild. Die Pathologin hatte die Haushälterin am Tatort gesehen, aber sie wusste nichts von der falschen Identität und auch nicht, dass Roberto sie zuhause aufgesucht hatte.

»Wie dem auch sei«, sagte die Gerichtsmedizinerin, »Ich schließe mich Euch an. So wie ich sie erlebt habe, denke ich auch, dass die junge Rumänin nicht in die Tötung des alten Serra verstrickt ist.«

Caponnetto hatte Livia Auci nie gesehen und wollte sich daher nicht festlegen.

»Es gibt einige Ungereimtheiten, aber gibt es die nicht in unser aller Vita? Bevor wir sie aber hier und jetzt heiligsprechen, sollten wir klären, ob sie Roberto kannte. Sie hat ja in der ersten Vernehmung ausgesagt, dass sie ihn nie getroffen hat – richtig?«

»Ja genau, darüber hatten wir gesprochen, als Sie kurz draußen waren. Wir planen eine Begegnung zu arrangieren zwischen Livia und Roberto«, erläuterte Francesca Nobile.

»Ok, wir bringen sie zusammen und schauen, ob und wie sie reagieren. Und dann?«, fragte Caponnetto. Er schaute Bonfatti an.

»Wenn wir uns sicher sind, dass die Haushälterin nicht gemeinsame Sache mit dem Neffen macht, kann sie uns vielleicht helfen, ihn zu überführen«

»*Ho capito*«

»Wir dachten, wir laden beide auf die *Questura* ein und lassen sie auf dem Flur warten. Dort gibt es aus Sicherheitsgründen eine Videoüberwachung, so können wir sie im Blick behalten. Und nach ein paar Minuten schicken wir jemanden hin, der einen von beiden mit Namen anspricht, und dann sehen wir, wie die beiden reagieren«, fasste Cristina Donati die Überlegungen zusammen.

Der Pathologin machte es sichtlich Spaß, sich an einer Ermittlung zu beteiligen, ohne dabei Gummihandschuhe tragen zu müssen.

»Wenn sie aber doch unter einer Decke stecken, werden sie sehr vorsichtig sein und nicht einfach so die Köpfe zusammenstecken«, warf Caponnetto ein.

»Genau das hatten wir auch überlegt. Es sollte daher jemand bei ihnen sitzen; jemand, von dem sie glauben, dass er auch wartet; jemand, der dann alles mitkriegt, was der Videoüberwachung vielleicht entgeht – ein Flüstern, oder was auch immer. Das darf aber niemand von der *Questura* sein, den sie vielleicht schon bei der ersten Vorladung gesehen haben.«

Als Bonfatti den Satz beendet hatte, spürte Caponnetto, wie sich drei Augenpaare auf ihn richteten.

»Ehrlich, sonst ist Euch niemand eingefallen?«

»Was willst Du hören, Peppino, dass Du einfach der Beste bist oder wir sonst niemanden kennen, der so viel Zeit hat wie Du?«, sagte Bonfatti und stupste seinen Freund an.

Caponnetto führte zwei Finger der rechten Hand an die Schläfe »*Ai tuoi ordini*«.

Die Details zum weiteren Ablauf waren schnell geklärt, Bonfatti würde Roberto gleich früh morgens anrufen und auf elf Uhr in das Polizeipräsidium bestellen. Nobile würde den Diensthabenden anweisen, die beiden getrennt voneinander in den Wartebereich zu führen und darauf zu achten, sie nicht mit Namen anzusprechen. Nachdem all dies geklärt war, widmeten sich die Vier dem neuesten Klatsch und Tratsch der Stadt und genossen den Abend in geselliger Runde.

Als sich die Gruppe nach einer herzlichen Verabschiedung von Giulia auflöste, bot Bonfatti seinem Freund an, ihn nachhause zu fahren.

Caponnetto lehnte das Angebot ab. Er wollte lieber zu Fuß gehen.

Es war kühl, aber beim Aufstieg in Richtung *Via San Francesco* würde ihm schnell warm werden. Er glaubte, die frische Luft würde ihm helfen, seine Gedanken zu sortieren.

Vor dem *cancello* seines Hauses angekommen fand er es schon gar nicht mehr so schlimm, dass Stefania ihn versetzt hatte. ›So kann ich mich voll und ganz auf den Einsatz konzentrieren‹, dachte er und tippte den Zahlencode in das Türschloss.

VII

Caponnetto erwachte aus einem tiefen und erholsamen Schlaf, noch bevor sein Wecker läutete. Er absolvierte sein Fitnessprogramm und setzte sich nach einer schnellen Dusche auf die Terrasse, um zu meditieren.

Auf die Rasur hatte er verzichtet. Nicht aus Nachlässigkeit, sondern weil er dachte, Bartstoppeln würden gut zu seiner Tarnung passen. Er entschied sich, für Jeans und Hemd mit grauem Pullover, nichts Auffälliges.

Nachdem ihm der *Commissario* durch eine Kurznachricht bestätigt hatte, dass Roberto und Livia um elf Uhr ins Polizeipräsidium kommen würden, verließ Caponnetto um halb zehn das Haus und stieg in seinen Alfa Romeo.

*

Bonfatti und Nobile hatten die Vernehmungstaktiken für verschiedene Szenarien bereits am frühen Morgen vorbesprochen.

Gäbe es Anzeichen, dass sich Roberto und Livia kannten, würden sie mit beide nochmal über die Tat sprechen und sich von ihnen berichten lassen, was passiert war. Dabei würden die Polizisten auf Widersprüche und Lücken in den Aussagen sowie auf körperliche Reaktionen achten. Sie würden dann Roberto und Livia mit ihren Beobachtungen konfrontieren.

Diese Methode würde aber nur Sinn machen, wenn ausreichend Indizien vorlagen oder sie Anlass zur Annahme hatten, dass Livia und Roberto Komplizen waren, die sie gegeneinander ausspielen könnten.

Sollte sich zeigen, dass sich die beiden nicht kannten, würden sie zunächst Livia befragen – kurz und intensiv. Erst wenn sie dann sicher waren, dass es keine Verbindung gab, würden sie die Haushälterin fragen, ob sie bereit wäre, bei der Überführung des mutmaßlichen Täters mitzuwirken.

Roberto hingegen würden sie nur einige wenige Fragen stellen, Fragen, die für ihn nicht bedrohlich waren – gerade so viel Fragen, wie es brauchte, seine Vorladung zu rechtfertigen. Er sollte keinen Verdacht schöpfen, dass die Ermittler ihn im Visier hatten.

*

Pünktlich um halb elf nahm Giuseppe Caponnetto seinen Platz im zweiten Stock der *Questura* ein.

Fünf Minuten vor elf kam eine junge Frau, bekleidet mit einer Jeans, weißer Bluse und beigem Cardigan in Begleitung eines Uniformierten den Gang entlang.

Der Mann nickte kaum merklich, um zu signalisieren, dass es sich um Livia Auci handelte.

Nach dem Blickwechsel mit dem Polizisten schlug Caponnetto das linke Bein über das rechte. Es war das vereinbarte Zeichen, dass er verstanden hatte und sorgte obendrein dafür, dass er sich leicht von Auci abwandte. ›Nur nicht zu viel Interesse zeigen‹.

Wenig später erschien derselbe Polizist wieder – nun in Begleitung von Roberto Serra. Caponnetto stellte wieder beide Füße auf den Boden und stützte den linken Ellenbogen auf den Stuhl neben sich, so dass er jetzt Livia und Roberto leicht zugewandt war.

»Jetzt wird es spannend«, sagte Nobile, die zusammen mit Bonfatti im Kontrollraum der *Questura* saß und auf einem Monitor die Übertragung der Videokamera verfolgte.

Roberto und Livia hatten sich kurz angesehen, so wie jeder Mensch instinktiv alles sondiert, was sich dem Grenzbereich zwischen der sozialen und persönlichen Distanzzone näherte. Ansonsten hatten beide keinerlei Reaktion gezeigt, oder in irgendeiner Form versucht zu kommunizieren. Zumindest war weder Caponnetto etwas aufgefallen noch den anderen im Kontrollraum.

Nach fünf Minuten entschied Caponnetto, dass die Zeit für Phase zwei gekommen war. Er stand auf und ging zwei Schritte auf Livia zu. Dabei kramte er ein gefaltetes Blatt aus der Hosentasche.

»Jetzt aufgepasst«, sagte Bonfatti.

Neben ihm nahm Nobile über ein Funkgerät Kontakt mit Gianni Sestri auf, der in Zimmer elf auf seinen Einsatz wartete.

»Achtung. Gleich geht es los!«

Sestri bestätigte, er war bereit.

»*Signora*, bitte entschuldigen Sie. Ich habe meine Brille unten im Auto vergessen. Könnten Sie bitte …«, Caponnetto hielt Livia den Zettel hin.

»Ja, bitte. Wie kann ich helfen?«

»Ich warte schon eine Weile und bin nicht sicher, ob ich

hier richtig bin.«, dann rief er freudig überrascht, »Das glaube ich nicht, Anna! Was für ein Zufall, dass wir uns gerade hier treffen. Sie sind doch Anna? Die Tochter von Stefano Carridi?«

»Oh nein, da müssen Sie mich verwechseln. Mein Name ist nicht Anna. Ich heiße Livia.«

Roberto, der entspannt auf dem Stuhl gesessen hatte, drehte ruckartig den Kopf nach rechts. Sein Gesicht drückte echte Überraschung aus.

»Livia? Oh, dann entschuldigen Sie bitte. Sie sehen Anna wirklich sehr ähnlich. Würden Sie bitte …«, Caponnetto hielt ihr das Blatt hin.

»Kein Problem! Das ist das richtige Zimmer, aber hier steht halb zwölf. Mir scheint, Sie sind zu früh gekommen.«

Caponnetto bedankte sich höflich und ging zurück zu seinem Stuhl.

Nobile drückte erneut die Sprechtaste ihres Funkgeräts, »*Avanti!*«

Gerade als Roberto sich nach rechts drehte, vermutlich um die junge Frau anzusprechen, öffnete Gianni Sestri die Tür von Zimmer 11 und bat Livia Auci, einzutreten.

»Bitte warten Sie hier, *Signora* Auci. Der *Commissario* wird gleich bei Ihnen sein.«

Dann trat der Polizist in den Flur und bat Roberto Serra, ihm in Zimmer 13 zu folgen, um dort zu warten.

Caponnetto hätte nur zu gerne der Befragung von Livia Auci beigewohnt, aber natürlich war das nicht möglich. Denn offiziell war er außer Dienst.

»Wollen wir?«, fragte Nobile. Bonfatti stand auf und beide liefen zügig die zwei Stockwerke nach oben.

Als sie in Zimmer 11 eintraten, stand Livia Auci auf und nickte den beiden zu. Der *Commissario* lud sie mit einer Handbewegung ein, wieder Platz zu nehmen und setzte sich auf den Stuhl auf der anderen Seite des Tisches. *Ispettore* Nobile war neben der Tür stehen geblieben und eröffnete das Gespräch

»Schön, dass es Ihnen wieder besser geht.«

»Ja, tut mir leid, dass ich gestern nicht konnte.«

»Draußen auf dem Flur saß neben Ihnen ein Mann. Woher kennen Sie ihn?«, fragte Nobile.

»Was meinen Sie? Der Mann hat mich angesprochen, weil ich ihm …«

»Nein, der andere Mann!« Bonfatti unterbrach sie schroff. »Woher kennen Sie den anderen Mann?«

Der *Commissario* klappte die mitgebrachte Kladde auf und streckte Livia ein Foto von Roberto Serra entgegen. »Haben Sie diesen Mann draußen erkannt?«

»Nein. Ich sagte doch schon …«

Bonfatti unterbrach sie erneut »Haben Sie mit ihm gesprochen?«

»Nein!«

»Und Sie haben ihn nie zuvor gesehen? Oder lügen Sie uns schon wieder an? Glauben Sie nur nicht …«

Nun war es Auci, die Bonfatti unterbrach: »*Signor Commissario*. Bitte glauben Sie mir. Ich kenne den Mann nicht. Wer ist das?«

Jetzt schaltete sich Nobile wieder ein.

»Das ist Roberto Serra.«

»Roberto?«

»Ja und wir fragen uns, *Signora* Auci, wenn Sie ihn noch nie gesehen haben, warum war er dann bei Ihnen zuhause?

»Um mir zu sagen, dass ich nicht mehr zu kommen brauche!«

»Eben haben Sie gesagt, dass Sie nicht mit ihm gesprochen haben, also was nun?«, bohrte Bonfatti nach.

»Ich habe nicht mit ihm gesprochen«, sagte Auci mit brüchiger Stimme.

»Erklären Sie es mir«, sagte Nobile in ruhigem Ton.

»Er hat angerufen. Ich bin nicht drangegangen, weil ich das Telefon auf stumm geschaltet hatte. Da hat er mir eine Nachricht hinterlassen. Ich kann sie Ihnen vorspielen, warten Sie.«

Livia Auci zog mit einer hektischen Bewegung ihr *cellulare* aus der Gesäßtasche ihrer Jeans und spielte die Nachricht ab, die Roberto hinterlassen hatte.

›Guten Tag, Frau Auci. Hier spricht Roberto Serra. Da mein Onkel ja leider gestorben ist, müssen Sie nicht mehr zum Putzen kommen. Werfen Sie bitte den Schlüssel in den Briefkasten, zusammen mit der Rechnung für den laufenden Monat. Vielen Dank.‹

Bonfatti und Nobile schauten sich kurz an, dann nickten beide einander zu.

»Ich geh schon mal rüber«, sagte der *Commissario* und dann Richtung Livia Auci gewandt »Danke *Signora*, wir sehen uns gleich nochmal. Bitte warten Sie hier.«

Er trat in den Flur, wo Sestri und Caponnetto warteten und bat den Uniformierten, in Zimmer 11 zu gehen.

Dort versuchte Francesca Nobile weiter, die noch immer sehr aufgeregte Haushälterin zu beruhigen.

»Sie wollen doch auch, dass der Mörder von Umberto Serra gefasst wird, oder?«

»Ja, aber warum verdächtigen Sie mich?«, schluchzte Auci.

»Wir verdächtigen Sie nicht. Im Gegenteil denken wir, dass Sie uns helfen könnten, den Täter zu überführen. Wenn Sie dazu bereit sind, dann warten Sie bitte hier bei meinem Kollegen«, sie deutete auf Sestri. »Der *Commissario* und ich kommen in wenigen Minuten wieder.«

»Natürlich, ich helfe Ihnen natürlich, wenn ich helfen kann«, brach es aus Auci hervor.

Bonfatti und Nobile betraten gemeinsam das Zimmer, in dem Roberto Serra wartete.

»Kennen Sie Livia Auci?«, begann der *Commissario* die Vernehmung.

»Ja, sie ist die Putzfrau meines Onkels«,

»Haushälterin«, sagte Nobile.

»Putzfrau, Haushälterin, was macht das für einen Unterschied?«

»Woher kennen Sie sie?«, fasste Bonfatti nach.

»Also, ich kenne sie nicht persönlich. Als ich das erste Mal hierher gebracht wurde, habe ich gefragt, wer meinen Onkel gefunden hat und da haben mir Ihre Kollegen gesagt, es war die Putzfrau. Später habe ich dann in der Wohnung von meinem Onkel einen Zettel gefunden »Telefon Livia« stand darauf. Und da mein Onkel nicht mehr viele Kontakte hatte, dachte ich mir, dass es wohl die Telefonnummer der, äh, Haushälterin sein musste. Der Pfarrer hat es mir dann später bestätigt. Bei dem putzt sie auch und der hat mir auch ihre Adresse gegeben.«

»Und weiter …«

»Ich bin dann zu ihrer Wohnung gefahren.«

»Warum?«, wollte Bonfatti wissen.

»Weil ich den Schlüssel zurückhaben wollte und um

ihr zu sagen, dass sie nicht mehr zu kommen braucht. Ich wollte nicht, dass sie nochmal ins Haus kommt. Ich habe beschlossen, einige Tage hierzubleiben, bis alles geregelt ist. Wissen Sie, meinen Job kann ich theoretisch auch von hier aus machen. Eigentlich von überall aus, wo ich Internet habe«, sagte Roberto mit hörbarem Stolz in der Stimme.

»So, was machen sie denn?«, fragte Nobile, die Roberto etwas Gelegenheit geben wollte, sein Pfauenrad zu schlagen.

»Ich leite eine Abteilung. Da muss ich planen, koordinieren, Auswertungen meiner Mitarbeiter anschauen und Berichte schreiben. Die Zeiten, da ich selber jeden Tag im Labor stehe, sind zum Glück schon eine Weile vorbei.«

Auci wechselte einen schnellen Blick mit Bonfatti. Beide hatten es bemerkt. Beide hatten das Zucken des Mundwinkels gesehen. Roberto Serra hatte gezuckt, nachdem er über seine Zeiten im Labor gesprochen hatte.

Bonfatti setzte nach. »Im Labor sagen Sie, was haben sie denn früher so gemacht im Labor?«

»Ich war, also ich meine, ich bin, Chemiker. Lebensmittelchemiker, um genau zu sein.«

»Entschuldigen Sie uns bitte einen Augenblick. Wir sind gleich wieder da.«

Dann trat der *Commissario* mit Nobile auf den Flur, wo Caponnetto wartete. Sie besprachen zu dritt die Erkenntnisse aus den beiden Vernehmungen, waren sich schnell einig in der Einschätzung, dass Auci nicht mit Roberto unter einer Decke steckte und beschlossen, zur nächsten Phase des Plans überzugehen: Sie würden Livia Auci bitten, mitzuhelfen, Roberto eine Falle zu stellen.

»Lockvogel, wie meinen Sie das?«, fragte Auci etwas verunsichert, nachdem ihr Francesca Nobile den Plan eröffnet hatte.

»Wir glauben, dass es Roberto war, der Ihren Onkel getötet hat, aber wir können es ihm nicht beweisen«, fasste Bonfatti nochmal die Situation zusammen.

»Unser Plan ist, ihm eine Falle zu stellen. Wenn er darauf reinfällt, haben wir ihn, weil er so indirekt die Tat zugibt.«

Nobile übernahm an dieser Stelle wieder, »Sie rufen ihn bitte an und sagen ihm, dass Sie ihn an dem Abend gesehen haben.«

»Aber dann hätte ich ihn doch auch eben im Flur erkennen müssen, als wir nebeneinander gesessen sind«, widersprach Auci.

Bonfatti und Nobile stutzten. Der Einwand war berechtigt. »Sie sagen, dass Sie in der Mordnacht das Auto mit dem deutschen Kennzeichen gesehen haben.«

»Und wenn er einen Mietwagen genommen hat?«

»Hat er nicht. Das haben wir überprüft«, sagte Nobile.

»Es gab keine Vermietungen im Umkreis. Das wäre auch viel zu riskant gewesen, denn er hätte ja einen Führerschein vorzeigen müssen.«

»Und wenn er das Auto eines der Freunde genommen hat?«, hakte die Haushälterin nach.

Bonfatti war einerseits genervt von den immer neuen Einwänden, die Livia Auci aufbrachte. Andererseits signalisierten diese Einwände, dass sie sich ernsthaft mit der ihr zugedachten Rolle auseinandersetzte.

»In dem Fall, *Signora* Auci, haben wir uns leider

verzockt. *Niente coraggio, niente gloria!*«, entgegnete der *Commissario* und gab das Zeichen zum Aufbruch.

Nobile lief hinüber in Zimmer 13, bedankte sich bei Roberto Serra für seine Zeit und entließ ihn aus der Vernehmung. »Ich nehme an, wir erreichen Sie in der Wohnung Ihres verstorbenen Onkels, falls wir noch Fragen haben?«

Zwei Stunden später klingelte das Mobiltelefon von Roberto Serra. Da er ihre Nummer nicht eingespeichert hatte, erkannte er nicht, dass der Anruf von Livia Auci kam.

»Sind Sie es, Roberto?«

»Wer spricht da?«

»Sie Schwein. Ich weiß, dass Sie es waren. Sie haben Ihren Onkel umgebracht!«

Bonfatti hatte Auci davon überzeugt, dass es ihre Glaubwürdigkeit stärken würde, wenn sie ihrerseits schlecht über Umberto Serra reden würde. Dann würde Roberto die Haushälterin eher als mögliche Komplizin sehen und es wäre plausibler, dass Livia Auci sich nicht gleich an die Polizei gewendet hatte.

Nun saßen Auci, Nobile und Bonfatti im Büro des *Commissario* und verfolgten über eine spezielle Vorrichtung das Gespräch zwischen Auci und Roberto Serra, ohne dass dieser am Widerhall erkennen konnte, dass andere das Telefonat mitverfolgten.

»Glauben Sie nicht, dass ich dem Alten eine Träne nachweine. Die Finger hätten Sie ihm noch brechen sollen. Seine Grabschfinger, mit denen er mich immer begrabscht hat.«

Nobile war erneut erschrocken über die Wandlungsfähigkeit, die Livia Auci an den Tag legte. Die Haushälterin spielte ihre Rolle perfekt.

Roberto versuchte, die Schimpftirade zu unterbrechen, »Das muss ein Missverständnis sein.«

»Tun Sie bloß nicht so unschuldig. Sie haben ihm den Kopf eingeschlagen. Und jetzt werden Sie dafür bezahlen, und zwar an mich!«

»Also ich weiß noch immer nicht …«

»Heute Vormittag habe ich dem *Commissario* nichts gesagt«, warf Livia Auci ein.

Roberto wurde unruhig, seine Stimme klang nun gepresst »was haben Sie ihm nicht gesagt?«

»Na, dass ich Ihren Audi beim Haus gesehen habe – am Abend, als Sie ihren Onkel umgebracht haben. Das deutsche Kennzeichen ist mir sofort aufgefallen.«

»Also hören Sie …«

»Wenn Sie jetzt sagen, dass es nicht Ihr Auto war, lege ich sofort auf und gehe zur Polizei. Die werden nicht lange brauchen, um es zu bestätigen. Soll ich Ihnen das Kennzeichen sagen?«

»Also gut«, Roberto knickte ein »Was wollen Sie?«

Nobile riss die Augen auf und packte Bonfatti am Unterarm, sie erschrak sich aber sogleich über ihre spontane Reaktion und zog ihre Hand sofort wieder zurück.

»50 Tausend Euro, dann halte ich meinen Mund.«

»Und wer garantiert mir, dass Sie nicht nächsten Monat nochmal 50 Tausend wollen? Oder in einem Jahr?«

Auci musste jetzt improvisieren.

»Für Sie mögen 50 Tausend Euro nicht viel Geld sein, aber dort, wo ich hingehe, genügt mir das Geld für einen Neustart. Sie werden mich nie wieder sehen.«

»Aber so viel Geld habe ich nicht.«

»Dann besorgen Sie es sich. Ich rufe Sie wieder an.«

Während Auci das sagte, schaute sie Nobile an, die ihr mit den Händen zwei Zeichen machte. Auci verstand beide Zeichen sofort.

»Ich rufe Sie in vier Stunden wieder an. Wenn Sie nicht alles in bar auftreiben können, nehme ich auch den Schmuck, der sich im Haus befindet.«

Auch der *Commissario* empfand es als unheimlich, wie gut sich Auci verstellen konnte und wie glaubwürdig sie dabei wirkte.

Roberto stand jetzt zweifellos unter Druck. Er hatte zwar eine Vollmacht für das Konto, die Umberto Serra schon vor einiger Zeit für Notfälle erteilt hatte, aber die war begrenzt auf das tatsächliche Guthaben und erlaubte keine Überziehungskredite. Und wenn er tatsächlich spielsüchtig war, wie der Onkel behauptet hatte, dann besaß er vermutlich auch keine Freunde mehr, denen er nicht schon eine kleinere oder größere Summe schuldete. Dieser Umstand und der Druck, den Auci auf Roberto ausgeübt hatte, konnte die Haushälterin in Gefahr bringen.

Bonfatti beriet sich mit Nobile und Caponnetto, während Sestri die junge Frau wieder in das Zimmer 11 brachte und mit einem *panino* und Mineralwasser aus der Bar der *Questura* versorgte. Das Trio entschied, Auci nicht nach Hause gehen zu lassen, sondern sie bis zum Abend in der *Questura* zu behalten. Dann machten Sie sich daran, den letzten Akt vorzubereiten.

»Also angenommen Roberto kommt zu dem Treffpunkt, den Livia ihm vorgeschlagen hat, was dann?«, eröffnete die junge Polizistin die Diskussion »wir verkabeln sie und hoffen, dass er etwas sagt, was wir als Geständnis verwenden können?«

Caponnetto schaute den *Commissario* an. »Sag mal, Du hast doch diesen Bekannten, der die Schaufensterpuppen aufgekauft hat, die bei dem Umbau von *Sanpier* in Savona übrig geblieben sind.«

»Luigi, ja und?«

»Meinst Du, er würde uns einen von den Puppen verkaufen?«

»Normalerweise verleiht er die nur für Dekorationszwecke an andere Geschäfte. Wieso willst Du gleich eine kaufen, meinst Du, auszuleihen genügt nicht?«, Bonfatti schaute seinen Freund fragend an.

»Also wenn das passiert, was ich annehme, genügt Ausleihen vermutlich nicht.«

Nobile ahnte, was Caponnetto vorhatte und sagte, »Ich habe Zivilkleidung im Spind. Auci hat ungefähr meine Statur …«

Caponnetto schmunzelte »Ich sehe, Sie haben verstanden, *Ispettore* Nobile.«

*

Auci war sichtlich erfreut, als Nobile das Befragungszimmer betrat.

»Sie sind sehr mutig, *Signora* Auci. Ich hoffe, Sie verstehen, dass wir Sie nur bitten hierzubleiben, um Sie zu schützen. Es ist nicht, weil wir Ihnen misstrauen.«

»Ja, das habe ich verstanden, *Ispettore*. Und dass Sie Grund hätten, mir zu misstrauen, daran habe ich ja selbst schuld. Sie müssen wissen, ich war nicht immer so. Mich zu verstellen, habe ich erst hier gelernt.«

»Soll ich Ihnen etwas zu lesen bringen oder noch etwas zu essen? Es sind noch zwei Stunden bis zum Anruf und dann – wenn Roberto wirklich zustimmt, noch weitere zwei oder drei Stunden bis zum Treffen …«

»Danke, Ihr Kollege hat mir etwas zu essen gebracht«, sie zeigte auf das *panino,* das vor ihr lag »aber ich habe gar keinen Appetit.«

»Das ist bestimmt die Aufregung, *Signora* Auci. Später sollten Sie etwas essen und trinken, es wird ein langer Abend. Und …«, Nobile zögerte »und Sie werden gute Nerven brauchen.«

»Sie meinen, wer einmal tötet, hat eine Grenze überschritten und könnte es auch ein zweites Mal tun? Roberto könnte versuchen, mich als Zeugin aus dem Weg zu schaffen. Ist es das, was Sie mir sagen wollen? Dieser Gefahr war ich mir bewusst, als ich zugestimmt habe, Ihr Lockvogel zu sein«. Dabei sagte die junge Frau das Wort Lockvogel mit spöttischem Unterton, der ausdrücken sollte ›haltet Ihr mich wirklich für so naiv?‹.

Nobile war beschämt, denn Auci hatte den Nagel auf den Kopf getroffen. Das Ermittler-Trio hatte diskutiert, wie man ihr möglichst schonend beibringen konnte, wie gefährlich das Unternehmen war. Dabei hatte Livia die Situation und die Gefahr, in die sie sich begab, sofort verstanden.

»Tut mir leid, wir wollten Sie nicht kränken.«

»*Lasciamo stare*, wie geht es nun weiter?«

Nobile öffnete die mitgebrachte Tasche, nahm ihre Kleider heraus und legte sie auf den Tisch.

»Wir möchten vorschlagen, dass Sie diese Kleider aus meinem Schrank anziehen, und uns die Kleider geben, in denen Roberto Sie heute früh schon gesehen hat.«

»Ok, ich verstehe – jetzt sofort?«

»Wenn es Ihnen passt – jetzt oder später, am besten aber noch vor dem zweiten Anruf, weil meine Kollegen schon vorausfahren an den Treffpunkt, um alles vorzubereiten.«

*

Bonfatti hatte inzwischen mit seinem Freund Luigi gesprochen und einen Preis für den Kauf der Schaufensterpuppe vereinbart.

Nachdem Livia Auci ihre Kleider gewechselt hatte, war Caponnetto zu Luigi gefahren, um die Puppe abzuholen. Er hatte ihr Jeans, die weiße Bluse und das beige Cardigan angezogen. Das war viel schwieriger gewesen, als er erwartet hatte, so dass sich kleine Schweißperlen auf Caponnettos Stirn gebildet hatten.

Danach war er zum *Il Postino* gefahren und hatte sich dort auf die Lauer gelegt.

Bonfatti hatte den Wirt Giacomo Gastone vorab informiert, dass ein ziviler Ermittler vorbeikommen würde und die Polizei von Gastone absolute Diskretion und uneingeschränkte Kooperation erwartete, wenn er sich nicht der Störung einer polizeilichen Ermittlung schuldig machen wollte.

Giacomo Gastone, der sich schon mit einem Fuß in lebenslanger Haft bei Wasser und Brot sah, hatte sich beeilt, seine volle Kooperation und natürlich auch seine Verschwiegenheit zu versichern.

Unterdessen verlief der zweite Anruf wie geplant. Roberto nahm sofort ab, sein Ton klang unterwürfig. Etwas zu unterwürfig, wie Bonfatti fand. Das bestärkte seine Annahme, dass eine Eskalation drohte.

Livia beschrieb ihm den Weg zum Parkplatz beim *Il Postino*, denn sie durfte ja nicht wissen, dass Roberto diesen von Caponnetto vorgeschlagenen Treffpunkt bereits kannte.

»Und nach heute Abend höre ich nie wieder von Ihnen?«, fragte Roberto zum Abschluss.

»Als hätte es mich nie gegeben«, säuselte Livia Auci.

*

Knapp zwei Stunden später, eine Stunde vor dem vereinbarten Zeitpunkt, trafen nacheinander Bonfatti, Nobile, Sestri und Livia Auci ein.

Sestri, nun auch in Zivil, täuschte mit einem Fahrrad eine Panne vor und bezog mit dieser Tarnung zwei Kilometer unterhalb des Treffpunkts seinen Posten an der Landstraße. Von dort aus würde er per Funk melden, wenn sich Roberto näherte.

Caponnetto bezog Position hinter den Müllcontainern und hatte die Schaufensterpuppe bei sich, die er auf Sestris Signal hin aus der Deckung nehmen und auf den Parkplatz stellen würde. Bonfatti, Nobile und Auci nahmen ihre Plätze im *Il Postino* ein.

Der Wirt hatte vorsorglich das Schild an der Tür umgedreht, welches nun in roter Schrift verkündete »*Chiuso*«, um unliebsame Gäste abzuhalten.

Als Roberto mit dem A1 um die Kurve bog, war Caponnetto längst gewarnt. Er hatte seine Vorbereitungen abgeschlossen und sich wieder hinter den Müllcontainern versteckt.

Sestri hatte sein Pistolenholster angezogen, nachdem Roberto ihn passiert und er seinen Funkspruch abgegeben hatte. Jetzt war er mit dem Rad auf dem Weg zum *Il Postino*.

Bonfatti und Nobile schauten aus dem dunklen Innenraum des Restaurants nach draußen. Sie hatten an die Montageschienen am Griffstück ihrer *Berettas* eine Taschenlampe montiert und waren nun ebenfalls einsatzbereit. Livia saß neben ihnen, bereit auf ein Zeichen von Bonfatti hin die Anruftaste zu drücken.

*

Kaum hatte Roberto den Wagen angehalten, klingelte sein Telefon. Etwa dreihundert Meter vor sich sah er Livia Auci auf dem Parkplatz neben den Müllcontainern stehen. Sie hielt in der rechten Hand das Mobiltelefon und trug die Jeans und beige Weste, die sie auch schon am Morgen auf der Polizeistation getragen hatte.

»Schalten Sie den Motor ab«, sagte Livia und versuchte dabei, möglichst entschieden zu klingen.

Roberto schaltete die Scheinwerfer aus, ließ aber den Motor weiterlaufen.

»Haben Sie das Geld?«

»Ja natürlich, warum sonst wäre ich hier?«

Livia wollte ihn gerade anweisen, die Tasche mit dem Geld aus dem Fenster der Fahrertür zu werfen und dann wegzufahren, da drückte Roberto das Gaspedal durch und fuhr auf Livia zu.

Sein Plan war, mit einigen Sekunden Verzögerung das Licht wieder anzuwerfen. Dadurch wollte er Zeit gewinnen. Zeit, seinem Opfer näherzukommen. Zeit, sie zu blenden. Wenn Livia weglaufen würde, könnte sie nur nach links ausweichen. Rechts versperrten ihr die Müllcontainer den Weg.

Diese Analyse der Situation, so das Kalkül von Roberto, würde ihm den nötigen Vorsprung verschaffen, sie in jedem Fall zu erwischen. Der Aufprall würde sie bestimmt außer Gefecht setzen, oder gleich töten.

Zu Robertos großer Überraschung machte Livia Auci jedoch keine Anstalten zur Seite zu springen, als er auf sie zuraste.

Stattdessen schrie sie ins Telefon »Du Idiot«.

Aucis Spannung, Ärger und Trauer bahnten sich den Weg in diesen zwei Wörtern: »Du Idiot«.

Roberto merkte erst wenige Sekunden vor dem Aufprall, als er das Licht einschaltete, dass er auf eine Schaufensterpuppe zuraste.

Der Knall, den die Puppe verursachte, als sie auf die Motorhaube und dann gegen die Frontscheibe flog, überlagerte das pfeifende Geräusch der Reifen, die über die Nagelketten fuhren, die Caponnetto und Sestri im Boden eingegraben hatten.

Auf platten Reifen und mit zerborstener Scheibe kreiselte der A1 noch einige Sekunden auf dem Parkplatz.

Als der Wagen zum Stillstand kam und Roberto versuchte, sich wieder Orientierung zu verschaffen, leuchteten ihm vier Taschenlampen ins Gesicht.

Bonfatti öffnete, gesichert von Nobile, die Fahrertür und zerrte Roberto Serra aus dem Wagen.

Der erkannte das Gesicht des *Commissario* und sah hinter ihm Livia Auci, die ihn spöttisch ansah.

In diesem Moment wirkte Roberto Serra, als ob ihm jemand allen Mut und alle Kraft geraubt hätte. Er blickte in die Augen der Haushälterin und wusste, dass er wieder ein Spiel verloren hatte. Er ließ sich ohne weiteren Widerstand festnehmen und würde schon wenig später auf dem Weg in die *Questura* damit beginnen, ein Geständnis abzulegen.

Das Trio beglückwünschte sich zu der gelungenen Aktion und dankte Livia Auci, Gianni Sestri und nicht zuletzt dem Wirt für die Mitwirkung.

Gastone war erleichtert, dass der Spuk vorbei war, schloss sein Lokal ab und fuhr nach Hause.

Sestri fuhr den zivilen Polizeiwagen, Nobile saß neben ihm. Bonfatti hatte hinten bei Roberto Serra Platz genommen und schrieb eine Kurznachricht an Cristina Donati.

»Es hat geklappt!«, und dann »wollen wir uns morgen in der *osteria* treffen?«

Caponnetto übernahm es, Livia Auci, die kein Auto besaß, nach Hause zu fahren.

Auf dem Weg von Aucis Wohnung nach Pietra Ligure dachte Caponnetto über die Ereignisse der letzten Woche nach.

Die »Operation Golfo« hatte gut gestartet, aber war noch lange nicht abgeschlossen. Giulia hatte offenbar Vertrauen gefasst und war schon viel freundlicher zu ihm. Er hatte einiges über Cocktails und Pesto gelernt.

Die Begegnung mit Francesca Nobile machte

Caponnetto Hoffnung. Es gab noch viel zu tun für die Polizei bei Ermittlungen gegen Kriminelle wie Roberto Serra und erst recht in der Bekämpfung der Organisierten Kriminalität. Dafür brauchte es kluge und unerschrockene Beamte wie diese Nobile.

Und er hatte es sogar geschafft, Cristina Donati und seinen Freund Bonfatti wieder zusammenzubringen – wenn auch erst mal nur für ein Abendessen in der *osteria*. »Gar nicht so schlecht für eine Woche«, war sein Resümee.

EPILOG

Als Giuseppe Caponnetto kurz vor Mitternacht in Pietra Ligure eintraf, erwarteten ihn zwei Überraschungen.

Die eine saß in einem Auto, das vor seiner Einfahrt parkte. Stefania war doch noch gekommen. Einen Tag später als geplant, aber mit der festen Absicht, ein schönes Wochenende an der ligurischen Küste zu verbringen.

Wie alle am Einsatz Beteiligten hatte Caponnetto sein Mobiltelefon vor einigen Stunden auf Flugmodus gestellt und dann nur über ein Funkgerät kommuniziert. Daher hatte er Stefanias Anrufe von unterwegs und die Kurznachricht, mit der sie ihre Ankunft in Pietra Ligure mitgeteilt hatte, nicht bemerkt.

Jetzt begrüßte er sie herzlich, trug ihre Tasche nach oben und zeigte ihr das Gästezimmer.

Während Stefania unter die Dusche ging, öffnete Caponnetto eine Flasche Weißwein aus dem Anbaugebiet an der Grenze zwischen Ligurien und der Toskana, wo einst die römische Stadt Luni gestanden hatte.

Er probierte den Wein, schenkte Stefania ebenfalls ein Glas ein und nahm dann sein *cellulare*.

Es gab keine verpassten Anrufe und keine verpassten Sprachnachrichten, aber eine ungelesene Textnachricht, abgeschickt um 23:14 Uhr von Manfred Hering.

Caponnetto wunderte sich ›eine Nachricht von Manfredo, zu dieser Uhrzeit?‹

Rasch überflog er den kurzen Text, dann las er die sieben Worte nochmal langsam und halblaut, so als ob er sie dadurch besser verstehen konnte.

»Müssen reden. Es geht um Deinen Unfall.«

Caponnetto legte das Telefon auf den Tisch, öffnete die Terrassentür und schaute hinaus in die Dunkelheit. In der Ferne spiegelte sich der Mond im Ligurischen Meer.

Die Luft roch nach Frühling.